Right Here Waiting

男神，你等等

米琳 著

或許，我們都曾經出乎意料地，
把誰放進了心裡。

楔子　我憑實力單身

網路流行用語「憑實力單身」，一般用在兩種人身上——

第一種是指，無法正確解讀對方話裡的含義、經常句點別人以及不解風情的人，簡稱「鋼鐵直男」、「一條筋的直女」。第二種是指，無戀愛需求，因此選擇單身的人。

但這些說法，卻不適用於母胎單身二十一年的我。在我身上，「憑實力單身」有了第三種意思——月老的惡作劇。

從小到大，我喜歡的人都剛好有其他喜歡的對象，而一眼就有好感的，不是非單身就是出櫃了，再不然就是實際認識後，才發現無法深交。

爸爸說，周圍不乏異性的我，肯定是因爲眼光太高才會交不到男朋友，或許可以考慮從朋友之中挑一個，將友情昇華成愛情。

我想起跟我最熟、能稱兄道弟的唯一一位異性。我和那位異性友人，曾在高三時試著接吻，可惜當我瞪著他稚氣尙存、逐漸逼近的臉龐時，卻沒有怦然心動的感覺，只有滿滿的尷尬在彼此間蔓延。

我見過他胖得出不了廳堂、因被人欺負而大哭，還有流著鼻涕的矬態；他看過我不修邊幅、毫無偶像包袱廢在家的模樣。

雖然許多人都說，愛情走到最後，或許就是這般卸下濾鏡的日常，不過，那也得建立在有愛情的基礎上不是嗎？

友情和愛情不一樣，缺少了動心的感覺，就跟吃披薩沒配可樂似的，總覺得哪裡不對勁。

大多數的人，總是不相信被封爲「女神」的我毫無戀愛經驗，連我自己也不願相信。而儘管已經單身了二十一年，我仍舊相信愛情，人生嘛，總得抱持著盼望，繼續走下去，對吧？

第一章 男神有毒

明知愛情不可靠，許多人還是拚命往裡面跳。

「趙織光！快下來吃早餐！」

熟悉的嗓音、熟悉的叫喚、熟悉的早餐香氣，我可以想像得到的還有……熟悉的翻白眼的表情。

站在全身鏡前，我最後一次審視自己的穿著打扮，不放過任何細節，再一如既往地對自己說：「趙織光，妳可以做得很好的！」後，才滿意地點了點頭，拿起後背包步出房間。

我不疾不徐地下樓，同時自手腕上取下無痕髮圈，將長髮高高梳起、扎出一束俏麗的馬尾。

今天是我升上大三後的第一堂選修課，距離上課時間剩不到一個小時，但我連早餐都還沒吃。

走到一樓，只見李榆安熟門熟路地忙著從廚房的櫥櫃抽屜中，翻出一只乾淨的保鮮袋，把我媽準備的起司火腿三明治封裝起來。一看到慢條斯理下樓的我，他便立刻拿起桌上的牛奶，二話不說塞進我手裡。「趙織光，妳翻白眼幹麼？真正想翻白眼的人是我吧？」

他這一氣呵成的動作，我都不知道看過多少遍了。

「我講過很多次不要催我了吧？」我邊喝牛奶邊走到客廳，擱下後背包，再次順了順馬尾，「一切盡在我的掌握之中。」

「如果沒有我，妳這個全勤乖寶寶紀錄保持人的頭銜還要不要？」李榆安冷笑，逕自拉開我的背包拉鍊，把早餐扔進去。「沒本事早起，就不要選早八的課。」

我扁嘴模仿他碎念的表情，不以為然地掏了掏耳朵。

他懂個屁？早八的課還能全勤才顯得我自律呀！

李榆安雙手環胸，倚著沙發扶手，鄙夷地看了我一眼，「真想叫那群成天喊妳女神的人來圍觀妳現在這副模樣。」

「你敢？」我挑眉，食指在脖子前比劃了一下。

在我高中的時候，李榆安他們一家搬到了我家隔壁，我和他之間的孽緣，便由此展開。時光荏苒，匆匆四年轉瞬即逝，我們逐漸將彼此的性格摸透，而雙方的父母也變得熟絡。

李榆安的父母經常在外奔波，事業做得很大，雖然給他的關愛不少，但卻無法在他的生活上給予太多實質照顧，所幸我的父母把他當自家人般地照顧，三天兩頭就邀他來家裡吃飯，週末還找他一同出遊，才讓他不至於太孤單。而也正因如此，李榆安看過我所有未經包裝、在家「形象敗壞」的模樣。

「妍光呢？」我四處張望，尋找優秀妹妹的身影。

「現在都幾點了，妍光早就去學校了。」老媽坐在單人沙發上吃著蘋果。

目前就讀高二的妍光和身爲大學生的我，雖然都是學校裡的風雲人物，但我們的氣質和個性卻截然不同。妍光面容姣好，性格恬靜溫和，說話輕聲細語，隨時都像個氣質淑女，相較於她，我這個當姊姊的實在慚愧……

甩開多餘思緒，我坐上沙發扶手，倚著老媽的肩膀撒嬌：「親愛的母親大人，晚上煮咖哩嗎？」

老媽瞄了一眼壁鐘，「都這個點了，妳不趕著出門，居然還在關心晚上吃什麼？」我老神在在地聳肩一笑，繼續自顧自地道：「不然麻婆豆腐也行——」

「帶走、帶走。」老媽伸手，像抖灰塵般地揮了兩下。

沒等我說完，接獲太后懿旨的李榆安，立刻拎起我們的包包，拽著我往大門走去，「快走啦！拖拖拉拉的。」

「你別拽我，李榆安！」我試圖掙扎，卻敵不過他抓握的力道，最後被按坐在鞋櫃旁的椅凳上。

「妳眞是越來越放肆了。」

「你才是我們家的孩子吧？」我不悅地扯唇。

李榆安懶得與我爭辯，待我繫好鞋帶，便迫不及待地推著我出門，「阿姨，我們走了！」

「路上小心。」老媽應了聲，又急忙交代：「榆安呀，晚上記得來我們家吃飯！」

「好。」

我家離我所就讀的景帝大學很近，步行十分鐘左右就能抵達，根本不必這麼趕，但李榆安可能是替我緊張慣了，總是希望我準備的時間能抓得寬裕些。

經過一段時間的沉默，李榆安屈指敲了一下我的腦袋，「妳在想什麼？」果然什麼都瞞不過他，只要我一個表情不對勁，他就會發現。

「沒什麼，昨晚沒睡好。」我避重就輕地回答。

「爲什麼？又做惡夢了？」

「我不想回憶，所以你也別多問。」我皺了一下眉，一邊用腳尖踢著柏油路，一邊前行，難掩煩躁。

「能讓妳不想回憶的事又不多。」李榆安溫聲問：「該不會，又夢到被排擠的事了？」

我不置可否地瞥了他一眼。

「妳不會無緣無故拖時間，今天出門前話又特別多。」他淡淡地分析，或許是見我不想談，續道：「國中被同學集體排擠、欺負，眞的造成妳這麼大的心理陰影嗎？那我呢？我不就也要跟妳一樣，一直放不下這件事？」

他那副「又不是只有妳被排擠過」的表情眞刺眼。我輕扯嘴角，心情更差了，「你不懂啦。」

李榆安向來是直男的腦迴路，當然不懂我的心情。

「怎麼不懂了？我們都同樣是被排擠，只不過妳是在國中被排擠，而我是在高中，這樣說起來，我的時間點還更近，不就該有更大的陰影？」

「但你又不是我！你看看我現在這樣……」我停下腳步，再過一條街就到學校了，有些話最好在這裡說完就好。

「趙織光，妳爲什麼要活得這麼辛苦？」李榆安伸手掐了我的臉一把。

「反正，我就是沒辦法像妍光一樣生來就那麼完美，無需特別努力，也能受人歡迎、喜愛……」

「妳這是日有所思，夜有所夢，才會經常夢到國中那些破事。」李榆安搖搖頭，「而且，活得這麼完美做什麼？妳會過得比別人更開心、更成功，還是更有成就？」

李榆安說的道理我都明白，但我已經這樣過了好幾年，習慣了呀。

揉了揉落枕的脖子，我輕嘆，「你別囉唆了，跟個老媽子似的……」

「換成其他人，我才懶得管。」

「那我謝謝你了。」我敷衍的回應態度，似乎有些惹惱了李榆安，他雙手插進褲兜，乾脆不說話了。

沉默半晌，自知理虧的我才拉拉他的後背包，主動討好，「知道你關心我，但我鑽牛角尖也不是一兩天了，我答應你，我會盡力不去想那些事，好嗎？」

「我只是希望妳別總把情緒憋在心裡，對誰都笑咪咪的，不開心也不說。對於他人過分的要求，明明爲難也不懂得拒絕，凡事都親力親爲。對自己那麼嚴格、力求完美，遲早悶出病，當個平凡人、量力而爲就好了，這個世界不需要不自量力的英雄。」他輕戳了一下我的額頭，「織光，我只是希望妳快樂。」

「嗯……但我覺得自己已經病了。」我聳了聳肩，用開玩笑的語氣說道。

「我懶得跟妳說。」

「好啦，別氣了嘛！」我揚起討好的笑臉，「畢竟，我只有在你面前才能如此放鬆呀。」因為我和李榆安太熟了，也因為我知道，無論自己是什麼樣子，他都不會離開，會一直以好朋友的身分，待在我身邊。

「那萬一有一天我不在了呢？」

「不可能。」我自信地仰頭，「你答應過我，這輩子要給我做牛做馬。」

「憑什麼？」

「就憑我高中的時候，從壞學生的手中勇敢地拯救了你，我可是你的救命恩人耶！」

李榆安瞬間不自在地別開頭，「咳、喂，我會答應妳……是因為趙叔叔、阿姨對我很好，很照顧我，才不是因為那件事。」

「那你就是忘恩負義嘍——」

正當我們鬥嘴到一半時，一道精神奕奕的聲音打斷了我們：「榆安、織光，早安！」

李榆安往前快走了幾步，讓朝氣十足、滿面笑容的童允樂能夠走到我身旁。

而我望著獨自走在前方的大男孩，兀自陷入回憶——

我和李榆安相遇的那日，其實並不美好。

它讓我想起曾經被排擠的傷痛，想起許多人性的黑暗以及對善、惡的迷惘。

李榆安的父母因工作忙碌，無法在他的身邊照顧他，導致他逐漸封閉自己的內心，經常藉由暴飲暴食來發洩情緒，這樣的行爲，讓他的身材迅速發胖。

剛升高中時，他便因爲身材問題，被同學們惡意欺凌、言語羞辱，直到發生那次意外，讓我偶然從壞學生的手裡拯救了他。

我並非什麼善良或富有正義感的人，我只是一個渴望被認同、被喜愛、被崇拜的人。只要能受到大家的肯定，我甚至願意放棄自我，當個沒有主見、凡事都說好的好好小姐。

然而，當我在公園裡發現被別校壞學生們欺負的李榆安時，便想起了國中時排擠的自己，我無法對眼前的情況置之不理，決定出手幫忙，卻忘了自己只是個手無縛雞之力的女子，幸而後來出現幾名見義勇爲的鄰居，事情才有驚無險地落幕。

我把李榆安帶進我的世界，陪他運動減肥、一起變好。有了他的陪伴，我不再感到那麼孤單。這幾年，我也終於從一個小透明，逐漸變成受人矚目、小有名氣的「女神」。這樣的轉變，就像慢性病毒一樣滲入身體，令人不能自拔，等驀然回首，已經走得太遠，很難回頭了。

李榆安和我不一樣，他活得我行我素，也比我勇敢堅強、忠於自己。現在的他，體態精實，人又長得好看，即便沒有我，也能好好的……

「織光？」童允樂伸手在我面前揮了揮，「織光！妳有在聽嗎？」

「妳說什麼？」我眨了眨眼，「抱歉，剛有點恍神了。」

「妳怎麼了？」她摸了一下我的額頭和臉頰，「哪兒不舒服嗎？」

「沒什麼，只是昨天沒睡好……」我心虛地解釋。

「做惡夢嗎？」

我搖搖頭，直接轉移話題：「妳剛剛原本要說什麼？」

「我說，花花跟她男友分手了。」

「什麼時候的事？」我有些訝異，卻又並非眞的感到那麼意外。

「就昨天啊，她沒跟妳說嗎？」

「沒有。」

「那可能是因爲今天有早八的課，她想見面時再跟妳講吧。」童允樂摀著嘴打呵欠，含糊不清地道：「偶也素淩晨兩點才接到她的電話，追劇追得正入迷咧，接起電話就聽見她呼天搶地的，差點沒被嚇屎。」

童允樂是個眾所皆知的夜貓族，近日追起熱播劇更是沒日沒夜，難怪即使是半夜，花花也會打電話給她。

「那妳確定她今天會來上早八的課嗎？」

「對她來說，失戀就跟天塌下來了一樣，再加上她那要人陪的個性，就算哭到眼睛腫得跟青蛙一樣，也不會自己一個人待在宿舍的。」

「也是。」

綽號花花的邱庭宜是個戀愛腦，她很容易喜歡上一個人，無奈每段戀情都不是太美好，大學讀了兩年多，她就換了六任男朋友，每次分手她都傷心欲絕，幸好復原期通常不會太久，因此我們漸漸地也以平常心看待了。

「這次只維持了兩個月不到吧？」童允樂扳著手指算時間，「我記得，他們是暑假才交往的。」

「有說爲什麼分手嗎？」我問。

「唉，男方劈腿啦！」童允樂搖頭喟嘆，「男人啊，十個裡面有七個渣。反正她應該會跟之前一樣，過一陣子就喜歡上別人了，妳別擔心。」

我笑她一副看破紅塵的模樣，「在妳那位把妳寵上天的哥哥面前，任何男人應該都不可靠。」

「我哥不是男人，是家人。」提起優秀的自家哥哥，童允樂的臉上總是難掩驕傲，「可惜你們不來電，要是妳能和我哥在一起，當我大嫂，那該有多美好……」童允樂捧起我的臉，左看右看，「明明長得很美啊，爲什麼我哥不喜歡呢？」

「妳哥我是眞的無福消受。」即便我跟童允樂是好朋友，也沒辦法接受自己和男友之間卡著個妹妹。

「妳說妳一個貌美如花的女孩，戀愛運卻如此不佳，到底是爲什麼呀？」

「順其自然吧。」我聳肩輕笑。

雖然我表面上這麼說，但其實每到了情人節，看著在大街上成雙成對放閃的情侶們時，我便會開始怨天尤人。

「不過，連李榆安妳都不行，那還眞是沒人了。」

突然被提及的李榆安聞言回頭，一臉莫名其妙。

「我們就是朋友。」我尷尬地說。

童允樂在我耳邊壓低音量問：「眞的、眞的只是朋友嗎？」

我不懂，她到底想確認什麼？

「是。」我十分無奈地回答。很抱歉讓妳失望了。

「但他又不是我們系的，還經常送妳上課。」

「那是因爲他喜歡選早八的課。」我隨口搪塞。

李榆安有病，好好的大學生活不享受睡晚一點的機會，就喜歡把課都集中在上午，好讓他一次上完。

似乎是聽到我們在低聲討論他，李榆安有點不好意思的模樣，撇下一句：「我先走了。」後，便往電機系上課的教室走去。

✦

爲了揮別國中被排擠、被霸凌的陰影，我開始注重外貌，並努力在學業上取得好成績，將自己包裝成全新的「趙織光」。最後，我終於得到了老師和同學們的認可，成爲大家公認的「資優生」和「女神」。

鮮少有認識我的人，會把負面的形容詞套在我身上，他們不知道，爲了營造出表面的一切，我究竟付出了多少。

私底下的我，其實是個大而化之的生活白癡。我就和某部日劇裡的女主角一樣，有「ON」和「OFF」模式，出門在外是美女，回到家後是宅女。

老爸常取笑我，能從那副居家的粗魯模樣，化身為人人口中的「女神」，若非憑藉易容術、整型，那就肯定是在變魔術了。

自高中起，除了家人和李榆安之外，就再也沒人見過我穿著印有鐵達尼號中Rose和Jack頭像的T恤，搭配從菜市場買回來一條一百塊的睡褲，以及戴著足以遮住我半張臉的黑色粗框眼鏡，將瀏海綁成沖天炮的模樣。

倘若被同學們知道那是我一天之中最舒適的裝扮，不知他們會做何反應？

或許我該為自己極差的戀愛運感到慶幸，只要一直維持單身，我就不用擔心我那邋遢的模樣，會在男友面前曝光了。

我不是特別聰明的人，每次考到榜首的高分成績，都是靠熬夜苦讀的成果，不過，我卻總是對外宣稱，自己並沒有那麼用功念書，只為營造出天資聰穎的假象。

偽裝成天使臉孔的我，開始接受著大家的喜愛與稱讚。一開始，我對於這樣的情況感到很陌生，後來，我逐漸樂在其中，如飲鴆止渴般無法自拔。

或許無法勇敢地做自己，是件十分辛苦的事，但我也明白，一旦習慣了站在鎂光燈下的生活，就很難再回到黑暗之中了。

猶記得，高中之前的我樣貌庸俗、皮膚蠟黃、身材乾癟。

國一時，我留著一頭西瓜皮的髮型，戴著一副粗框眼鏡，臉上還冒著大大小小的青春痘，看起來就像隻醜小鴨。

我的成績平平，性格直來直往，說話容易得罪人，同時厭惡迎合討好的行爲，即使知道班上女生分爲兩派，也不願意依附其一。兩邊都不討好的下場，就是被集體排擠，班上沒有同學願意和我說話，心腸比較軟的女同學，頂多不會跟著多數人一起欺負我，卻也不敢和我走得太近，深怕會因我而被波及。

我也曾反擊過，但那卻只會讓同學們的惡作劇變本加厲。每天上學，我都得應付不同的情況，作業簿被撕爛、桌椅被拖去操場中央、三天兩頭被鎖在女廁、體育課打球時被針對，偶爾午餐便當被蓄意打翻、抽屜被放蟑螂，和言語羞辱等等，都屬家常便飯，且狀況層出不窮。

這一連串無情的打擊，導致我越來越沒自信，變得自卑，甚至在與人說話時，都不太敢直視對方。

雖然在班上遭受嚴重的霸凌，但我卻沒有告訴父母。進入青春期的小孩，似乎總是有一股莫名的叛逆及傲氣，不但不願對父母敞開心房，甚至會曲解他們的關心，寧可把委屈都往肚子裡吞、大熱天穿著長袖長褲遮掩身上的傷疤和瘀青，也不肯低頭向大人們求救。

直到事過境遷，我才輾轉從親戚們口中得知，當時爸媽並非全然不知情，因爲我的導師曾找媽媽到學校討論過我的狀況幾次，但他們擔心過度的關懷和保護，會使我更加受挫、排斥，所以只能默默地縱容我怪異的行徑及情緒化的發洩表現。

國中畢業後，因老爸工作輪調，我們舉家搬遷至北部，我的生活才終於得以重新開始。後來我才知道，原來爸爸之所以會調到北部工作，是他和媽媽討論後，主動向公司申請調職的。

所以那時，爸爸才會對我說「我們走吧，一起離開這個地方，重新開始」，而不是「因爲公司輪調，所以我們不得已必須搬家」。

我也才終於懂得，那段時間父母內心的掙扎、難爲以及欲言又止的心情。可即便如此，苦不堪言的過往，仍是在我心中留下了無法抹滅的傷痕，如影隨形般折磨著我。

剛升高一的那段日子，我經常從睡夢中驚醒，夢見自己即使到了新環境、新學校，卻依舊被班上的同學們排擠、欺負，總是孤零零一個人。

鬱鬱寡歡、躲在棉被裡偷哭好幾回後，我決定脫胎換骨。

寒假期間，我開始提升自己的外在、內在。

我翻閱大量的流行雜誌，了解從前根本不感興趣的事物，試著參與同學們之間的討論。我摘掉了黑框眼鏡，改戴隱形眼鏡，還到美髮院把好不容易留到及肩的清湯掛麵頭染成茶褐色，同時拚命地擦美白乳液，只爲了擺脫蠟黃狗的綽號。而因爲穿搭技巧的提升，我的身材也不再像從前一樣看起來那麼乾癟，合適的衣著襯出了骨感美，令想要減肥的女生們羨慕不已。

要變成一個截然不同的人並不容易，但狗急了也會跳牆，學校就像是一個小型社會，想要生存，就必須有破釜沉舟的決心。

待人處事方面，我也變得越來越圓滑，我不再把「拒絕」掛嘴邊，而是凡事都說「好」，即便難以達到他人的要求，我也會努力做到盡善盡美。

我迎合眾人的喜好，變成大家喜歡的樣子，卻失去自己真實的面貌。這個世界上，恐怕只剩下我的家人和李榆安，還記得從前的趙織光吧？

也正因如此，李榆安一直不認同我的行爲，偶爾氣急攻心，甚至會威脅我，說要在大家面前揭穿我的假象，但我相信，親眼見過我從惡夢中驚醒、脆弱的一面的他，是不會背叛我的。

✦

早八的課結束後，花花利用空堂時間，滔滔不絕地向我們抱怨她的負心前男友，告訴我們他是如何背叛她，以及她是怎麼抓到對方劈腿的。

「所以妳打LINE給他，聽見電話那頭有喘息聲，他卻騙妳說他只是在運動？」童允樂吃著洋芋片，意猶未盡地問。

「那也是某種運動呀。」花花要笑不笑地瞥了一眼，嘲諷道：「不過能聽見女生的呻吟喲！」

「嗯，這就說明了爲什麼『備胎』是圓的，因爲方便滾啊。」童允樂得出一個幽默的結論。

「他有挽回嗎？」我問。

「沒有。」花花雙手環胸，表情堅決地說：「再說了，像那種渣渣，即使他想挽回，我也不會接受！」

「妳這是由愛生恨？」童允樂打趣地揶揄。

「沒有愛了，只有恨。」花花忿忿不平地緊握拳頭。

「那妳哭腫的核桃眼是怎麼回事？」童允樂挑眉，「半夜還打給我，講了一個多小時，哭訴自己被辜負。」

花花按摩著眼窩，嘆了口氣，「畢竟曾經愛過嘛，怎麼可能無動於衷……」

「舊的不去，新的不來。」我其實替她感到慶幸，早點和不對的人分開，才不會浪費時間。

閒聊間，邊低頭滑手機的童允樂，忽然驚呼一聲，接著將手機螢幕轉向我們，「哇！快看快看，好帥！」

「妳哥不是已經很帥了嗎？在妳眼裡還有能看得上眼的帥哥？」花花漫不經心地就著手機放大照片，這一看讓她直接忘記自己剛失戀，迫不及待地掏出手機，點進班級群組，參與其他同學們的討論——

「欸欸欸！號外、號外！幹！建築系的轉學生超帥的啦！」耗子說。

「耗子，你講話一定要帶髒字嗎？很沒水準耶～」

耗子本名爲劉浩，因爲長得像老鼠，故得其綽號。除了愛八卦、白目了點，人還挺好的。

「你們男生的眼光跟女生的眼光不一樣啦！」

某位同學附上一張不屑的挖鼻孔貼圖。

「眞的啦！早上他去教務處報到時，就引起同學們的暴動了，我在走廊上還聽見其他系的女生也在談論，所以特別跑去瞄了一眼，靠，眞的超帥！」

「眞的假的？你的眼光我懷疑耶！」

「不然妳問@志欣啊！她跟我一起去看的。」

「是帥哥一枚無誤。」被點到名的女同學回覆。

「是不是～我跟你們說，這位帥哥的偷拍照片，已經上學校論壇的熱門第一了，大家爲了搶著點進去看，還一度造成系統癱瘓呢！」

「要不要這麼誇張……」

我拿著手機，順著對話繼續往下滑，隨著越來越多人發言，聊天紀錄彷彿沒有盡頭，向來愛湊熱鬧的童允樂和愛看帥哥的花花皆樂在其中。

雖然我對別系的轉學生長什麼樣子沒興趣，但基於合群，仍是打了一句：「看來，往後的校園生活很值得期待。」

離下午第一節課開始，還有五分鐘，階梯教室內已經擠滿了學生。

「我記得這門課沒有額滿，還很冷門……」童允樂疑惑地環顧四周。

「因爲那名轉學生也選了這門課。」坐在我們正後方的耗子俯身湊了過來，小聲地說道。

聽學長姊說，講授這堂環境心理學的邱教授，個性機車刁鑽又難搞，堪稱選修界裡的大魔王，不過，我看了之前的課綱和教材後，對內容頗感興趣，也樂於挑戰，所以很早就確定要修這堂課了。

重義氣的童允樂說要與我同進退，但其實她主要也是相信我會罩她，有我在，占了學期成績百分之六十的兩份報告，肯定能順利完成；至於耗子，他純粹是和損友打賭輸了，逼不得已硬著頭皮選的。

「你的消息未免太靈通。」童允樂睨他一眼，「包打聽的呀？」

「當然。」耗子得意地揚起下巴。

「但他是建築系的，好端端地上我們室內設計系的選修幹麼？」童允樂問。

「誰知道呢？天才的腦袋總是異於常人。」耗子聳肩。

童允樂又左右張望了片晌，說道：「連音樂系系花都來了，這根本醉翁之意不在酒吧？」

「搞不好人家很閒啊，再說了，旁聽又不用錢。」耗子訕笑。

「嗯，有道理。」

我聽著他們閒聊，想到了童允樂之前所言，十個帥哥裡有七個渣，我想，剩下的三個，其中兩個還有可能是爸爸跟哥哥，更別提那僅存的十分之一。要遇到帥氣、專情又恰好喜歡自己的男生，簡直比登天還難。

此時，一抹頎長高冷的身影走進教室，學生們瞬間鴉雀無聲，視線一致聚焦在轉學生那張俊秀不凡的臉上。

他的眉宇之間英氣不凡，與那雙褐色的清澈瞳仁相襯，眼神中透著一絲淡漠，偏白的皮膚比女生還細緻，鼻梁高挺，薄唇微微上揚，噙著一抹似笑非笑。

溫和卻又略帶疏離的神情，令在場的女同學們，無一不爲他的魅力傾倒。

不久，教室內激昂的讚美聲四起。

「天啊！這也太帥了吧！」

「百聞不如一見，新的校園男神非他莫屬。」

「這顏値、這身高，還讓不讓其他人活了？」

「是不是？我就說他很帥吧！」耗子在我耳邊低語。

「本人似乎比照片上還要帥耶……」就連對帥哥幾乎免疫的童允樂，也忍不住為之驚豔。

當大家都在為轉學生的外貌瘋狂、議論紛紛時，只有我覺得他——不、順、眼嗎？據以往所聞，帥哥通常不是渣就是花。

國中時同班的校草，除了有班花那個正牌女友之外，還同時和別班的班花、別校的校花在一起，風流韻事在同學間流傳不斷，只有當事人們被蒙在鼓裡。

高中的風雲人物，憑藉一張好皮囊，到處和不同女生曖昧，身旁親近的異性友人，每月換一個，總是新面孔，在校期間沒有死會過，也不曾對誰認眞過。

剛升大一時，同屆的新生裡，有位外型陽光帥氣、肌肉發達的體育系學生。聽說他除了有一個交往多年的女友，還同時擁有多位炮友。他的女友一發現他劈腿，就會提分手，而他總是會哭著跪求對方回頭，但始終管不住下半身，後來他不但沒有悔改，甚至還將自己劈腿一事藏得更好，成了時間管理大師。

雖然以偏概全不好，但有那麼多前車之鑑，再看看如今這位讓眾人趨之若鶩的新任男神，我想，我還是保持距離，以策安全。

我興致缺缺地解鎖一直跳出通知、瘋狂震動的手機，社群軟體右上角顯示的紅色數字不斷向上攀升，強迫症逼得我受不了，只好點開介面，校內私密社團圖文並茂的置頂貼文下，海量的留言瞬間在眼前炸開——

B101：建築系也要修這門課嗎？爲什麼？

B243：聽說男神是以轉學考全科滿分的成績進我們學校的，超級聰明！這門課肯定難不倒他！

甫見留言，我還以爲是自己眼花，多看了幾遍。

以全科滿分的成績考上我們學校的？怎麼可能？

正當我懷疑這只是謠言時，有人便直接貼出了男神的轉學考成績單。眼見爲憑，害我的一雙眼珠子差點掉出來。

景帝大學是國內數一數二的名校，其中更是以建築系爲最，每年轉學考的錄取率都不到百分之一，那個變態，卻是以全科滿分的成績考進來的？

B566：男神叫什麼名字啊？

B842：他叫梁熙。

B1258：嗯……那個……梁熙好像是往室內設計系系花的方向走過去耶～

讀到最後一則留言，我瞪大雙眼，猛然抬頭，果眞看見梁熙正舉步朝我走來。

第二章　行走的費洛蒙

別怪一個人冷漠，人家只是暖的不是你。

「他該不會是要坐妳旁邊吧？」童允樂笑咪咪地道：「難道我們織光的春天終於要來了嗎？」

爲什麼？我不要！

我懋著滿腹的驚慌失措，愣了幾秒，瞪著眼前越走越近的男人，耳邊傳來女同學們的聲音。

「梁熙是要坐在她旁邊吧？」

「她好像是室內設計系的系花。」

「怎麼長得有點普通啊？國貿系系花還比較美。」

聽見她們嚼舌根的內容，童允樂爲我出頭：「妳們懂什麼啊？織光她是內外兼具、名符其實的女神，和一般空有外貌的花瓶才不一樣咧！梁熙不坐織光旁邊，難不成要坐在妳們旁邊啊？」

「允樂，」我尷尬地拉拉她的衣袖，「我沒關係……」

梁熙會選擇坐在我旁邊的空位根本沒什麼好大驚小怪的，因為那裡可是萬中選一的好位子，既能專心聽講，還能視線無礙地抄寫白板上的筆記，就算偶爾偷懶做點自己的事或打瞌睡，也不容易被老師發現，而且放眼望去，教室裡似乎也只剩這處空著了，他會選擇坐在這裡，才不是因為我咧！

「這裡有人嗎？」

梁熙以充滿磁性的低沉嗓音詢問時，坐在我斜前方的女同學一臉陶醉地回過頭道：「男神連說話的聲音都這麼好聽。」

周圍同學們的注意力皆聚焦於此，儘管我有千百個不願意，也無法當眾拒絕，只能露出虛僞的笑容，言不由衷地回應：「沒有，請坐。」

梁熙落座後，鄰近幾位臉皮較厚的同學，走過來向他打招呼，甚至還進行簡短的自我介紹。

而我當然也和他打招呼了，畢竟我有著溫柔親切又有禮貌的人設，縱使有千般不願，我也不能對他視而不見……

雖然，我非常不喜歡他短暫停留在我身上的目光，那眼神好像隨時會把我掛在臉上賴以生存的假面具給揭穿似的。

「同學，你怎麼會來選修這門課？」我微笑問道。建築系的沒事來蹚室內設計系的渾水幹麼，還招來這麼多閒雜人等，會打擾學習的好嗎？

梁熙淺揚唇角，俊秀的臉龐如破曉的曙光般耀眼奪目，惹得女生們心花怒放，然而，就在我以為他要開口回答我的問題時——

他低下了頭，從書包內拿出一本原文小說開始翻閱，彷彿周遭的一切於他而言，皆成了空氣，儼然不打算和任何人有所交流的樣子。

幾分鐘後，姍姍來遲的邱教授走進教室開始上課，大家也就心猿意馬地各做各事，聽課的聽課、打盹的打盹、偷用手機聊天的聊天。多數同學都是衝著一睹男神風采才來旁聽的，不專心聽講對他們而言，也沒有關係。

但我不是啊，我向來是教授們眼中認眞向學、心無旁騖的資優生，可偏偏今天這節課，卻成爲我上大學以來最無法專心的時刻。

我並沒有被梁熙的高顏値惹得心神不寧，但他高冷的氣質和渾然天成的魅力，教我想忽略都不行。

最讓我挫折的是，梁熙和其他男生不一樣，他不會因爲我溫柔、謙恭的表象而對我細心體貼，也不會因我優秀的成績，對我另眼相待。在他的眼裡，我彷彿就和其他學生一樣。

我雖然不至於自我感覺良好到，認爲像他如此優秀的男生會對我一見鍾情，但這種被無視的狀況，自高中以來還是第一次。

難道梁熙不看學校論壇的嗎？只要隨便滑幾篇貼文，就能看到不少關於我的好評，其中一則熱門貼文，更是提到我去年被選爲理工科男生的夢中情人一事。

還是，他很孤僻，對課業以外的事壓根毫無興趣？

三小時的課相處下來，梁熙完全沒對我說過半句話，他偶爾會瞟來耐人尋味的眼神，而唇邊那一抹微不可察的笑意，不知怎地，讓我打從心底抗拒，總覺得他似乎有點不懷好意……

✦

隔天的午休時間，我和花花在學餐內用餐，吃到一半，花花突然眼神發亮地問：「織光，我看到社團的貼文了，梁熙和妳上了同一堂選修課，還坐在妳旁邊。怎麼樣、怎麼樣？他好相處嗎？」

我險些被飯粒嗆到，輕拍了一下胸口順氣，捏著手中的筷子，扯唇應聲：「嗯……」好相處個毛咧！我們根本就沒交集好嗎？

「他本人是不是很帥呀？」花花繼續興奮地道：「我跟妳說，不只FB社團，連學校論壇都在瘋傳他的照片，他簡直三百六十度無死角，每個角度都好帥，害我有點心癢癢的。」

「心癢什麼？」

花花眨了眨眼，「就也想選修那門課呀！」

「偶爾來旁聽就好啦。」雖然，依照昨日那座無虛席的離譜情況，想旁聽也未必會有空位就是了。

「也是。」她點點頭。

「不過，妳剛失戀，能有個對象轉移心思也挺好的。」

花花擺擺手，忽然正經了起來，「那種男神只可遠觀不可褻玩，況且，我很有自知之明的，他根本不可能看上我。」她越說，因失戀而產生的自卑也跟著越展現出來，「或許，我是眞的沒有很好吧，否則就不會被劈腿了……」

見她眼眶泛淚，我趕緊安撫道：「妳對自己太沒自信了。」花花雖然不是第一眼美女，但她個子嬌小、相貌可愛，是屬於鄰家女孩那種耐看的類型，還是很有市場的。

「我覺得男神和妳比較相配，你們修同一門課，他又坐在妳旁邊，搞不好能來個近水樓臺先得月。」花花笑著搓了搓手。

「座位不是固定的，我們只是這次剛好坐在一起，下次就不一定了。」

「機會都是人創造的，別氣餒嘛！」她完全誤會我的意思，以爲我有些沮喪，便安慰我。

我一時沒能管理好臉部表情，皺了皺眉。

許是見我表情不好，花花打趣地瞇起眼，「織光，還是妳其實……討厭梁熙？」

我心下一驚，反射性地揚起微笑，「妳聽說過我討厭誰嗎？」

花花不假思索地搖頭，「這倒沒有，妳總是對誰都好。」她吸了一大口珍奶，心滿意足地嚼著珍珠，吞下後問：「對了，允樂咧？她去哪了？從剛才下課就不見人影。」

「跟她哥走了，說是要去取一款Switch新出的遊戲，前陣子一直缺貨，她哥好不容易才找到管道訂。」

花花羨慕不已，雙手托腮輕嘆，「允樂的哥哥眞好，我也想有這樣的哥哥，可惜，我只有一個乳臭未乾還在念國一的弟弟而已。」

有那種哥哥很恐怖好嗎？過度寵溺的反面，經常伴隨著強大的控制欲。

少吃冷的食物、晚上不准熬夜、吃糖容易蛀牙、喝飲料容易發胖、不能穿太露的衣服……數不盡以關心之名包裝而成的規矩和壓迫，也多虧骨子裡叛逆的童允樂還肯做表面敷衍了事。

她哥哥肯定不知道，童允樂平日住在宿舍，經常通宵不睡覺，還愛在半夜吃炸物、零食，每次放假回家住，晚上都躲在棉被裡追劇或玩手遊，偶爾還會傳LINE和我們抱怨「兄管嚴」。

「允樂的哥哥叫什麼來著？」花花歪頭思索，「忽然想不起來。」

「童予璃。」

「好女生的名字。」花花迅速地在IG介面上朋友的照片點兩下，發送愛心，然後湊過來問：「帥嗎？」

「誰？允樂的哥哥？」

「對呀！」

「嗯？妳沒見過嗎？」

「沒有。」花花嘆了一大口氣，抱怨道：「童允樂實在太不夠意思了，都當朋友兩年多了，也不帶她哥哥來跟我們正式介紹一下，我到現在，還只遠遠看過他的背影而已耶！」

童予璃就讀文苑大學，聽說也是數一數二的風雲人物。他有一顆聰穎的腦袋和好皮囊，氣質溫文儒雅、態度謙和，卻讓人有種莫名的距離感。

能接觸他的人不多，只因他主修的心理學，和藝術系並列該校入學門檻最高的，每年能考進去的人已經寥寥無幾，能順利畢業升碩士的更是十根手指數得出來，其課業壓力的變態程度可想而知。

而且，童予璃不愛拍照，IG上的照片也不多，很少使用社群平台，連FB帳號都沒有，在社交方面，比年長者更食古不化。

他總是神龍見首不見尾，想好好地和他說上一句話都難，別說花花沒見過本人，就連身為童允樂好友的我，都只跟他面對面交談過一回，就是童天兵某日一時興起，想撮合我跟她哥，最後無疾而終的那次。

「所以，到底帥不帥呀？」花花眼巴巴地望著我。

「帥。」

「和梁熙男神比呢？」

「嗯……」

還來不及發表想法，花花又緊接著問：「那和文大另一位就讀藝術系的帥哥蘇聿相比呢？聽說他邪魅陰柔，一張臉生得比女人還美，渾身散發出危險又迷人的氣息，只要和他對上一眼便會為之瘋狂。」

我輕蹙眉頭，仔細想了想，正要向花花將其三人的外貌特徵客觀地分析一番時，遠遠走來的李榆安停在我們桌前，瞥了一眼擱在桌上已經空掉了的餐盒，開口：「欸，趙織光，社團學姊找妳。」

「現在？」

李榆安點了點頭，把話帶到後便在一旁等著。

我起身，收拾餐盒，對花花道：「那我先走嘍。」

她拉住我，露出小狗般乞憐的眼神，「明天早九的課……」

她話未盡，我已了然於心地點頭，「我會幫妳代簽，放心吧。」早知道她爬不起來，當初還硬要跟我和童允樂選同一堂課。

「還有、還有——」

我揚起笑容，耐著性子對她說：「施工圖的草圖，我會找時間幫妳看的，別擔心，我都記得。」

「愛妳。」花花這才展顏，手指比心。

離開學生餐廳，李榆安放緩腳步，從原本走在我的前面，變得與我並肩，語氣無奈地說：「我聽說財管的陳教授最討厭代簽，將其視爲作弊的一種，妳就不怕被抓到，連自己都搭進去嗎？」

我鬆開方才的笑容，偷偷做了一下臉部運動，「十趴的出席率直接掛零，確實値得害怕。」

「那妳還答應？」

「朋友之託，不好拒絕啊。」

「妳這是濫好人。」李榆安皺眉，「連施工圖那門課的草圖都要幫她看？要不要乾脆直接幫她做算了。」

「舉手之勞罷了。」我嘆了口氣，掃他一眼，「朋友嘛。」

李榆安或許是自知多說無益，也懶得再費唇舌。

「學姊找我幹麼？上次活動的花絮，我已經整理好也寄到她信箱了，她沒收到嗎？」

「誰知道？」李榆安聳肩，「可能有別的事要請妳幫忙吧。」

我低聲哀號，「她都找你傳話了，爲什麼不乾脆請你幫忙就好？」

李榆安和我同樣身爲廣電社的一員，學姊卻只找我做事，這難不成是差別待遇嗎？

「不懂得拒絕，當濫好人的下場就是這樣，妳活該。」他調侃道：「學姊不也是妳的『朋友』嗎？」

要不是路上有人，怕被看見，否則我眞想踹他一腳。

「妳和梁熙還好嗎？」

「你們電機系消息也這麼靈通？」

電機系的主要活動範圍都在學校的另一頭，我還以爲梁熙再怎麼聲名遠播，也不至於傳到他們理工男耳裡。

「我們只是不同校區，學校論壇還是同一個。」

「你什麼時候也這麼八卦了？」我沒好氣地問。

「我就算不八卦，也有耳朵，總會有聽見別人討論的時候。」

我悶悶地抿了下唇，「唉，反正，梁熙就是個需要保持距離的人。」

「妳排斥他？」

「從你認識我以來，我排斥的人還少嗎？」

對外一律人人好的我，才剛問過花花是否曾聽聞我討厭誰，一副我不怎麼會討厭別人的樣子，實則私底下，只有李榆安知道我討厭的人還眞不少。

說來諷刺，明明自己也很矯情，卻討厭外文系嬌滴滴的系花，覺得對方是一見到帥哥就會倒貼的花痴，也瞧不起那些長得頗有姿色就愛搞小團體、到處挑別人毛病的心機女，和一些自以爲是的高傲男，聽他們說話，總是令我特別反感，還有幾個虛有其表、腦袋空空，學習成績遊走在及格邊緣的花瓶男也被我列入討厭名單之中，更別提仗著外表，後宮佳麗三千的渣男，最是令我不齒。

不過，目前梁熙並不屬於上述的任何一項分類，我大抵是怕他會搶走我的風采，所以才對他有所排斥吧？

幼稚歸幼稚，反正我又不會表現出來。

「梁熙怎麼得罪妳了？」

我聳了聳肩，「大概是因爲……太討人喜歡？」

「胡說，妳就不喜歡他啊，」李榆安挑眉，「妳該不會是……擔心他可能會威脅到妳在那門選修課上的成績排名吧？」

嚇死人了，他簡直是我肚子裡的蛔蟲。

見我默認，李榆安似乎忍住了想在學校裡朝我翻白眼的衝動，搖頭嘆氣，「趙織光，妳幼不幼稚？梁熙眞可憐。」

「可憐什麼？反正，就只有我一個人排斥他……」我不屑地冷哼，「大家都很喜歡他啊。」

「說話眞酸。」李榆安撥了撥被風吹亂的瀏海，續道：「不過妳說，梁熙他好端端的，爲什麼要跑去修環境心理學啊？」

「誰知道？關我什麼事？」我沒好氣地扯唇，另開話題：「喔對了，鯉魚，我的應用英語還是慘不忍睹，你這學期也會罩我的，對吧？」從高中到現在，英文一直是李榆安的強項，每次考前，我都會纏著他，要他幫我惡補。

「知道了。」他倒是認命。

鬆了一口氣的我，十分沒誠意地說：「你最好了，沒有你我該怎麼辦呀！」

「呵，最好是。」知我者莫過於他，當然知道我只是在說場面話。

我們行經學校的中央花園時，偶然發現角落站著一對人影，我瞇起眼，認出那抹頎長背影，但和他說話的女同學剛好被擋住了臉，好奇心作祟，驅使我向他們走去。

李榆安壓低音量：「趙織光，妳別過去啦！我們還要去找學姊——」

我不顧李榆安的阻攔，逕自向前走，而他也沒有再追過來。

隨著距離他們兩人越來越近，我終於認出那道和梁熙交談的身影，我錯愕地瞪圓了雙眼，腳步凝滯，還沒來得及出聲，對方就已經先喊了我的名字：「織光學姊？」

「巧縈，你們……」怎麼回事？

梁熙昨天整堂課坐在我旁邊，一句話都沒跟我說，這會兒居然滿面春風地在和我們系上——小我一屆——長得很漂亮，卻因成績不如我而被戲稱爲「系花第二」的盧巧縈，在四下無人之處竊竊私語？

「你們怎麼在這裡呀？」我不著痕跡地收起疑心，微笑問道。

「學姊，我爸媽和梁熙哥的父母是認識多年的好朋友。」心思單純、性格開朗的盧巧縈主動向我解釋。

「原來如此。」我敷衍道，仍暗自揣測他們之間的關係。

「梁熙哥剛開始叫住我時，我還認不出來……我們已經許久未見了，梁熙哥國二的時候就去了美國，不久前才回來的……」盧巧縈笑吟吟地續道。

待她說完，我隨口一問：「那怎麼回來了？國外的大學不好嗎？」

我會過來湊熱鬧，純粹只是有點八卦而已，以爲能揭露男神私下不爲人知、花花公子的一面之類的，豈料，這瓜還眞不好嗑。

都怪李榆安沒盡力阻止我，現在人還不曉得溜去哪兒了。

我本想低頭掩飾懊惱，卻被梁熙的目光攫住視線，而他唇邊那輕輕挑起的似笑非笑，就和初見時一樣討厭。

「因爲梁叔叔和阿姨想回家鄉居住，所以梁熙哥就跟著一起回來了。」盧巧縈代替梁熙答覆。

瞧某人笑得滿肚子壞水的模樣，我還眞是看不出來他會如此孝順。

彼時的我還不知道，梁熙會讓我討厭的，不僅是那張好看的臉蛋，和不用努力讀書的聰明頭腦而已……

結果，這段插曲害我完全忘了要去社團找學姊，直到稍晚收到李榆安的LINE，我才想起。

「趙織光，學姊那邊，我已經替妳搞定了。」

優美的側臉，具有致命吸引力的頸部線條，這個男人的長相，說要拿來做爲國民整型範本都不足爲奇。

我偷覷一眼正專注地看書的梁熙，趁被發現前又趕緊移開視線。

開學一週後我才發現，我和他不僅同樣修了環境心理學，連商業英文都在一起。

因爲我想要加強自己的語文能力，所以特別選修商業英文，結果沒想到這傢伙居然也……他不是從美國回來的嗎！

「織光，妳現在有空嗎？」

課間休息時間，三名女同學忽然跑來我座位前，其中一位的手裡拿著英文應用課本，略帶羞澀地禮貌詢問。

但她的害羞，很顯然並非因我而起。

這兩週的商業英文課，梁熙都坐在我旁邊，因此假借找我問功課之名，行藉機近距離偷看帥哥之實的女同學越來越多。

當然，她們都不是笨蛋，也不好意思問太簡單的問題，所以題目的水準，還是有一定程度的。

「當然沒問題。」我親切地展顏，伸手接過她遞來的課本，指了指她圈起來的地方，「是這題嗎？」

女同學湊過來，雀躍地點頭，「對！我不確定該怎麼翻才好。」

把題目仔細地看過一遍後，我便開始動筆，片晌，就發現在我面前的三位女同學，似乎並未將心思放在我的解題上。

她們交頭接耳的細語聲，嚴重影響我的心情和注意力。

帥又怎樣？帥能當飯吃嗎？況且，就算近距離看了又如何？連我這個近水樓臺，他都能視若無睹了，妳們過來找我問題目的這短短幾分鐘，是能怎樣？

我頭也不抬，煩悶地將課本上的中文句子翻譯成英文。

忽然，梁熙開口：「妳翻錯了。」

「你說什麼？」我錯愕地停筆，抬頭看著他，不敢相信自己的耳朵。

梁熙看向我，輕聲地念出題目：「經濟一體化與全球『倫理』，不是『理論』。」

「嗯？」我低頭確認，發現自己因爲不專心，把「ethic」寫成「theory」了。

他什麼時候發現的？我還以爲他很認眞在看書……

未等我回神，梁熙接著將完整且正確的句子念出來：「Economic integration and global ethic.」

女同學一聽見梁熙流利且字正腔圓的發音，眼中瞬間迸出崇拜的光芒，差點閃瞎我的雙眼。我強迫自己微笑讚美：「天啊，梁同學不愧是從國外回來的呢！」這句話看似是在稱讚，實則帶刺。

梁熙聽出我的挑釁，朝我拋來一道犀利且耐人尋味的目光。

「以後如果我有不會的地方，也能請教梁同學嗎？」我故意問道。

完全狀況外的女同學們還在期待能從梁熙口中聽見肯定的答覆，渾然未覺他眼底隱隱閃動的光芒。

我盯著他，微微瞇起眼。

他剛剛是——笑了嗎？

我感覺脊背都泛起雞皮疙瘩了。

斂住脾氣，我以更溫和的態度解釋：「畢竟，我的英文可能不比你好……」

梁熙沒有回應我，忽地起身，似乎打算出去，離開前只留下一句頗具興味的疑問：「喔？是嗎？」

他的笑容令我渾身不舒服。

他是認爲我不會犯那麼基本的錯誤，還是……

我不自在地迅速低頭，修改方才寫錯的部分，敷衍女同學們的幾聲道謝。待她們離去，我才徐徐吐出堵在胸口的悶氣。我好像有點明白何謂道高一尺，魔高一丈了。

鐘聲響起時，坐在我後面的女同學們又開始聊起梁熙。

「都上課了，男神怎麼還不回來？」

「不會是蹺課了吧？」

「蹺課也很正常啊！男神的智商聽說超過一百八呢！不上課、不複習也比多數人都厲害。」

「簡直是人生勝利組。」

我在心裡吐槽，同學，他的書包還在這兒呢！別擅自猜測。

須臾，梁熙果然坐回我身邊。

✦

我開始後悔自己答應直屬學姊，參加她負責舉辦的校園智慧王比賽。究竟是哪個環節出錯了，才會讓我做出如此不明智的決定？

坐在舞台旁的參賽者區，我回想整段事情發生的經過——

三十分鐘前，學姊跑來教室找我，當時我正在回答教授出的難題，博得滿堂彩。我驕傲地瞥了梁熙一眼，儘管他根本沒把我放在眼裡。

待教授離開，學姊慌慌張張地衝進來，像看見救命恩人似地抓著我不放。她劈里啪啦說了什麼我其實沒有聽清楚，但結論就是，校園智慧王比賽還缺一位參賽者，需要我去救急。

「爲什麼是我……」雙手被學姊握住的我無處可逃。

「因爲妳很聰明！其他的人都說如果要參加比賽，一定得事前做足準備——唉唷，反正就是些推三阻四的話。」她眼巴巴地瞅著我，「這場比賽原本參加的人數就少，現在才三個……我就不懂啊，第一名的獎品有K牌的平板一台耶，還不夠好嗎？唉，不管了，總之，我還缺一個人，拜託了，學妹！」

學姊邊向我解釋，邊自言自語的這段期間，我其實很想回她：「第一名只有一台平板確實很爛，而且還不是蘋果的，不如給現金來得實在！學生們的參加意願會提高許多。」

但對外的形象不允許我說出如此勢利的話，我只能耐著性子聽完她的需求，再想方設法找理由婉拒。

我本想以下午有事，這種老掉牙的藉口擋擋，但偏偏學姊問的時候，班上同學們仍在。他們開始瞎起鬨，說想看我比賽，相信我一定能拿第一，為系上爭光之類的屁話。

我揚起笑容，向學姊提議：「其實……梁熙同學也是個很不錯的人選。」

學姊頓時臉色一僵，偷瞄一旁沒離開，卻也始終沒什麼反應的梁熙後，又立刻轉過頭來繼續對我擺出可憐兮兮的模樣，「拜託拜託啦，學妹，妳人最好了。」

柿子果然都是挑軟的吃。

這就是為什麼我此刻會坐在參賽區，愁眉苦臉地等待活動開場，然後想著萬一……萬一那些問題我都回答不出來怎麼辦？

不僅丟臉，還有可能被貼上「她也沒那麼厲害嘛」、「原來只會死讀書」的標籤。

思及此，我頭疼不已。

校園智慧王是一個類似電視節目「超級大富翁」的活動，主持人會提出二十五個「非生活常識」的問題，所有參賽選手需要經過搶答的方式獲得回答權，每題只能有一個人作答，答對加分，答錯則會倒扣分數，若在指定時間內無人搶答，主持人就會公布該問題的答案。每位參賽者都有三次的求救機會，選項包含電話求救、現場觀眾求救、選擇提示。最後會以分數最高者奪得冠軍。

直到開場結束，我才從思緒中回神，瞥見台下聚集越來越多人，我緊張到手心冒汗，卻還是裝出一副淡定的模樣。

妳可以做得到的，加油！趙織光！

主持人拿起麥克風，開始出題：「勾踐爲了復國，在他的位子旁，掛了什麼提醒自己亡國之痛？一、蜜糖。二、辣椒。三、榴槤。四、苦膽。請作答！」

這題簡單，我按下搶答鈕，「苦膽。」

「恭喜，答對了！」

既然我都來參賽了，就要努力奪冠！

我的餘光瞥見台下前幾排湊熱鬧的觀眾裡，童允樂的身邊多了一道熟悉的身影，李榆安出現了！

眞好，等會兒如果有不會的理工科題目，我便可以向他求救。

逐漸卸下緊張的我，決定大顯身手，接連好幾道題都順利搶答成功，台下觀眾們也爲之喝采。

主持人繼續出題：「第十四題，八十八年國人十大死因的第一名是？一、自殺。二、慢性肝病及肝硬化。三、惡性腫瘤。四、意外傷害。」

我又按下搶答鈕，「惡性腫瘤。」

「恭喜，答對！」主持人看起來比我還開心，說道：「目前趙織光以九分維持領先，其他參賽選手們可要加油嘍！織光眞不愧是學霸系花，人長得漂亮又聰明！」

主持人話一說完，台下便鬧哄哄一片，紛紛揶揄主持人說的這段話，簡直是在藉機表白。

負責主持的男同學紅著臉看了我一眼，不知是爲了製造效果還是出自眞心，說道：「其實我是織光的愛慕者之一啦！居然被發現了。」

此話一出，現場立刻噓聲不斷。

我對於主持人是否眞的愛慕我毫無興趣，只是暗自慶幸目前的題目都不算太難，虧我一開始還怕自己會被問倒，根本多心了。

但人果然不能太得意，我沒想到，最後一道題目，竟讓我踢到了鐵板。

「請問，孔子將自己的女兒嫁給下列哪一位門生？一、卜子夏。二、閔子騫。三、曾子。四、公冶長。」

天啊，孔子嫁女兒到底關我什麼事？誰知道他把女兒嫁給誰啊？

因爲答錯會倒扣分數，所以沒人敢輕易按下搶答鈕，和我比數相當的同學也沒有搶答，而是偷瞄了我一眼，似乎在等我回答。

「都沒有人要回答嗎？」主持人一臉興災樂禍，來回掃視參賽者們。

台下有同學開始拱我作答，讓我按下搶答鈕也不是，不按也不是。

我手心冒汗，無助地往台下投去求救訊號，卻只見童允樂正朝我猛搖頭，一副就是要我千萬別向她求救的樣子。

至於李榆安……還是甭指望了，連我都不知道答案，強項在理工科的李榆安怎麼可能知道？而且，現在他人也不知道跑哪去了，眞是氣死我，每次緊急時刻他都不在！

我在腦中迅速地分析其中利弊，以每題只能用一次求救機會的規則而言，電話求救是最沒用的，對方必須剛好知道答案，並在十秒內回答，太困難了；用選擇提示又太冒險，頂多刪除兩個選項，還是有一半的機會答錯，萬一答錯被倒扣分數，那跟我分數平手的同學不就贏了嗎？

不行，我絕對不能讓這種事情發生！

仔細分析過後，我決定向現場觀眾求救，畢竟他們可以使用手機，應該能在網路上找到正確答案吧？

我按下搶答鈕，主持人迫不及待地問：「妳知道答案了嗎？」

「我想求救。」

「當然沒問題，妳是在場參賽選手中唯一一位沒有用過求救的耶！妳想用哪一種求救方式？」

「現場觀眾。」

「好的！」主持人點點頭，向台下的工作人員打手勢，接著道：「知道答案的同學請舉手！男同學們，給你們英雄救美的機會喲！」

我從台上往下看，果眞一堆同學都開始低頭用手機搜尋答案。我原本以爲救星很快就會出現了，孰料遲遲都沒人舉手，現場有些尷尬。

此時主持人眼尖地看到在活動會場後方的梁熙，「梁熙居然也在現場呢！男神會知道孔子將自己的女兒嫁給哪一位門生嗎？」

女同學們瞬間瘋狂尖叫，現場氣氛也跟著被炒熱。

我明明窘迫到不行，巴不得找個地洞鑽進去，卻還得笑容滿面地順著眾人的期待，與梁熙隔空相望，希望他會好心地救援。

然而梁熙沉默的每一秒，都令我的心臟險些停止跳動，深怕他理都不理扭頭就走，會讓台上的我非常尷尬。

他該不會覺得我很蠢，連這麼簡單的題目都答不出來吧？

半晌，害我緊張不已的罪魁禍首，終於在眾目睽睽下，對著工作人員遞去的麥克風緩緩開口：「公冶長。」

「恭喜，答對了！」

在主持人宣布獲勝的此刻，我真的、真的、真的好想放聲尖叫！

我的腦袋一片空白，耳朵更是嗡嗡作響，完全沒聽見主持人接下來說了什麼，就像個傻子般愣在原地，看著梁熙漠然地轉身離去。

第三章　那個討人厭的傢伙

論互相討厭的愛情展開方式。

自從學校論壇和系所布告欄刊登我在校園智慧王奪冠的消息後，我足足當了幾天的校園流量王，同學們的留言也都挺正面的，說我才貌雙全，還說「室設系女神」這個稱號，我當之無愧。

可享有名氣之餘，最令我不快的，是當他們聊及此事時，總會順帶捧一波當時替我回答關鍵性最後一題的梁熙。

時間很快來到公布期中考成績的日子，上網查詢環境心理學的期中成績時，我還驕傲地以爲自己會是全班最高分，豈料，隔天教授竟在課堂上，當眾宣布梁熙以滿分成績，刷新這門課由史以來的高分紀錄。

天知道我有多久沒從第一名的位置上被擠下來了。

最嘔的是，當教授要同學們爲梁熙鼓掌時，我還得昧著良心說場面話：「梁熙同學好厲害呀。」

我實在搞不懂，爲什麼梁熙從學期初到現在，都要坐在我旁邊？

李榆安說每次他來等我下課，遠遠就能透過教室窗戶，看見我那張笑得既恐怖又扭曲的臉，只是他一直忍著，沒敢問我抽搐的嘴角疼不疼。

梁熙的態度依舊很冷漠，除了盧巧縈和他從國小就熟識的朋友之外，他對大多數的人都惜字如金，彷彿多說幾句話會要了他的命，但奇怪的是，崇拜他的人卻與日俱增。

想當初我考上室內設計系時，也不曾讓教學大樓如此生氣蓬勃。以前那些蹺課的女同學們現在都乖乖來上課了，就怕錯過任何能與男神巧遇的機會，就連歷屆都只有小貓兩三隻的邊緣選修課，現在也多出近兩倍的人數。

這是自高中以來，我第一次在學校遇到讓我輸得心服口服，又讓我恨得牙癢癢的強勁對手。

我握緊拳頭，誇下海口道：「這次期末考要是考不贏他，我趙織光的名字就倒過來寫！」

「妳還在計較成績喔？」李榆安覺得我莫名其妙。

「你說他憑什麼？我都沒看到他在讀書！上課感覺也不是特別認眞，連隨堂考都沒見他利用時間複習過。」

「妳滿注意他的嘛。」李榆安放下手機，看向變回居家打扮的我，「妳在學校裡，不也假裝自己在家都沒讀書嗎？」

「但我至少會利用下課時間複習。」

「那是因爲妳沒事做，又不愛跟女生們八卦，只能靠複習打發時間。」他不留情面地戳破。

「我不管！我期末考一定要考贏他！」

李榆安嘆了一口氣，「我實在無法理解耶，只是兩門選修，又不是必修，妳何必如此小肚雞腸？」

「你不懂啦！」我就是不服氣嘛！老天爺眞不公平，他都已經長成那樣了，還高智商，這教像我一樣資質平庸，平時得努力不懈才能獲得些許成就的人情何以堪？

李榆安無視我的無理取鬧，說道：「我看梁熙也不討厭妳啊，不然爲什麼一直坐妳旁邊。」

「他就是這樣才更令人討厭好嗎？」我納悶不已，「一直坐在我旁邊，卻不怎麼和我說話，除了課堂上討論題目的時間外，其餘時間幾乎把我當空氣。」

「不然妳想怎麼樣？」

「我要更認眞讀書！贏過他。不是，」我越想越生氣，朝手中的大象娃娃捶了幾下，「你說他這個人到底有什麼好值得大家喜歡的？長得帥又怎麼樣？整天面癱，個性還很冷漠。」

「那是妳不知道，現在男人長得帥不稀奇，但長得帥又聰明，就很珍貴了。」李榆安雙手置於腦後，「妳就當大家是在看稀有動物嘛。」

「我看對梁熙而言，他們才都是蒼蠅咧！」一天天圍著他轉，揮都揮不掉。

「哇，妳這句話好毒啊。」李榆安失笑，接著舒展筋骨，開始和我講道理：「趙織光，人家長得帥不是他的錯，智商高也是他父母生給他的，至於不需要讀書就考得好，搞不好只是妳沒看見他挑燈夜讀時的辛苦，妳不能因爲這樣就給人扣莫須有罪名。不過，如果妳是因爲他對妳的態度冷淡而生氣，那我懷疑妳喜歡人家，求而不得才會由愛生恨。」

我沒忍住衝動，直接將手裡的大象娃娃朝他臉上丟過去。

李榆安一把接住大象娃娃，挑了下眉，「怎樣？惱羞成怒喔？」

「我才沒有喜歡他！」長得帥的男人都愛作怪，我才不稀罕。

「那妳這麼激動幹麼？」

「閉嘴。」我指著他警告：「智慧王比賽那次我還沒找你算帳呢！」

「關我什麼事？」

「每次緊急時刻你都不在，我明明開場時有看到你在台下，後來怎麼不見人影了？你去哪裡？要是當時你在場，那最後一題的答案，你至少可以幫我Google一下，主持人也不會問梁熙了。」

「我同學臨時有事找我，而且我看妳前面答得挺順利的，誰知道最後會被考倒？」

李榆安雙手環胸，思忖了一會兒，突然建議：「話說，我覺得妳期末考前，商業英文和應用英文如果有不會的地方，可以請梁熙教妳，他英文肯定比我厲害。」

「你現在是想推卸責任嗎？」

「不敢。我只是客觀建議。」

我撇唇，「呵，從開學到現在，他都不太搭理我，會教我才怪，而且，我是要考贏他的人，怎麼能有求於他！」

「這麼說也是，他看起來完全不把妳放在眼裡。」

李榆安此話一出，立刻被我扔過去的枕頭砸中臉。

「你是不是欠揍？」

「不然，妳跟他撒嬌試試？」

變漂亮後，我幾乎沒遇過像梁熙那般對我不友善的男生。面對他那麼不識好歹的人，李榆安居然還要我拉下臉主動示好？

我駁回他的提議：「辦、不、到！」

「唉，我實在是太難了……」李榆安嘆氣。

我驀地想起梁熙偶爾朝我投來的目光，盤起腿道：「欸，我跟你說，雖然梁熙都不太理我，但我總覺得他每次看我的眼神都不懷好意……」

我話還沒說完，李榆安就擺手打斷我：「妳想多了，妳有什麼可圖的？人家比妳優秀那麼多。」

我沒好氣地翻了個白眼，「反正我的直覺告訴我，他看我的眼神有鬼！」

「嗯，妳的直覺通常都不準。」

「李榆安，你一定要這樣跟我說話嗎？我不是你的初戀嗎？」我撥了一下頭髮，朝他拋媚眼。

「誰說妳是我的初戀？」李榆安抿唇，臉上浮現可疑的羞赧。

喲，想不到他如此純情。

「妍光跟我說的。」雖然我也半信半疑，畢竟我們曾經試著接吻，最後卻沒親成功，還尷尬收場……

「趙妍光眞的是——」李榆安一激動，便被自己的口水嗆到，「咳咳咳——」

我拍拍他的背，「放心啦，我沒當眞。」

李榆安緩過來後，帶開話題，拿梁熙當擋箭牌，「總之，妳別無聊惹事了，和梁熙和平共處吧，他這個人應該還行。」

「你怎麼知道？」我哼了一聲，不以爲然。

「他不是在妳比賽的時候，幫妳回答了關鍵性的一題，讓妳得到一台平板嗎？」

「他只是剛好知道答案，不是爲了幫我，而且，他搞不好是爲了要羞辱我笨，才回答的。」

「妳眞是有被害妄想症。」

「你跟他很熟嗎？」我瞇起眼。

李榆安搖頭，「我跟他只有一起打過幾場籃球，聊過幾句。」

「你居然跟梁熙一起打過球？」我難以置信，「不對，他竟然會打球？明明看起來就是一副不喜歡流汗的樣子啊！」

「妳對他到底有多少偏見？」

這時，妍光敲門而入，「姊、榆安哥，你們怎麼還不下樓吃晚飯啊？媽在樓下叫好幾聲了。」

「問妳姊。」李榆安起身，離開房間。

妍光看向仍賴在床上的我，坐在床緣問：「姊，妳怎麼了？不開心嗎？」

我搔了搔鼻子，搖頭，「也沒有……」

或許是見我一副有口難言的模樣，她不禁笑了出來，「不然呢？幹麼關在房間裡不下樓？」

「妍光，妳有沒有討厭過人？」

「妳是說梁熙嗎？」她笑著反問，逕自猜測：「妳該不會是因為這次選修課的期中成績比他低，在鬧脾氣吧？」

「我哪有……」有這麼明顯嗎？

「這半學期以來，妳還有少講過他的事嗎？我們都知道妳很討厭他啊。」妍光沉吟了一會，又道：「不過……他真的很有名耶，連我們高中的學生都略有耳聞呢！」

「為什麼？」

「因為他長得帥又聰明啊。」她不假思索地道。「之前同學去參觀景大的時候遇到他，一眼就著迷了，還蒐集了梁熙的情報，在學校裡四處散播，消息傳得很快。我還聽說很多女生為了當他學妹，把景大建築系當作第一志願。」

「景大的建築系哪有這麼好考……」我觀察了一下妹妹的反應，擔心地問：「妳不會也喜歡他吧？」

「我才不喜歡他呢！」妍光搖頭，「我沒有崇拜偶像的習慣。」

「那就好。他是我的眼中釘，可不能連妹妹都淪陷了。」

「妳幹麼把梁熙當競爭對手？就算他考贏妳又如何？那不過就是一堂選修課。」妍光笑了笑。

「我現在也搞不清楚了，不過，討厭一個人，一定需要理由嗎？我難道就不能單純看他不順眼嗎？」我賭氣地問。

「好好好，知道了。」妍光雙手摟住我的肩膀。「姊，我或許不知道討厭一個人需不需要理由，但有一件事我可以肯定。」

「什麼事？」

「下次。」她語氣認眞，嘴巴超甜地預言：「下次妳一定可以考得比他好的，我對妳有信心。」

側首靠上妍光的肩膀，我欣慰地笑嘆，「希望如此。」

我經常覺得，妍光比我這個當姊姊的，還要來得像個姊姊。

✦

下午兩堂必修課結束，我出發前往圖書館，行經學生交流中心時，偶然發現一對站在走廊上交談的男女。

感覺到氣氛不對，我原本想禮貌地避開，但又覺得那男人的背影，似乎有點眼熟。油然而生的好奇心使我念頭一轉，決定躲進牆角偷聽。

背對著我的男人約莫一百八十公分，有著一頭整潔俐落的短髮，乾淨筆挺的休閒襯衫貼合他結實的身材，一雙長腿被包裹在深色牛仔褲內，氣質優雅……

「我喜歡你！」

忽然間，女同學的告白劃破寧靜的走廊，隨之而來的尷尬，則淹沒在上課鐘聲裡。

男人默然不語，讓女同學變得有些焦急，「梁熙，我眞的很喜歡你——」

原來是梁熙，難怪我覺得有點眼熟。雖然從我這個角度看不見梁熙的表情，但照目前的情況分析，肯定沒戲。

我爲女同學默哀三秒，正準備調頭離開時，手機因訊息通知而「叮」了一聲，我嚇了一跳，連忙將通知設成震動。我抬頭一看，見梁熙側身向後瞥了一眼，似乎在尋找聲音來源，嚇得我趕緊往內縮，直到聽見他的答覆才敢再探出頭。

「抱歉。」

我沒想到他連拒絕都這麼簡略，眞狠心。像梁熙這樣的高嶺之花，只有想不開的人才會喜歡他，也只有想自取其辱的人才會告白。

「你有喜歡的人了嗎？」女同學不死心，繼續追問。

「妳喜歡我什麼？我們既不同科系，也沒有很熟。」梁熙的聲音疏離且淡漠，應答間甚至帶著些許暗諷她的喜歡很膚淺的弦外之音。

對方被問得啞口無言，頓時一句話也說不出口。

「如果答不出來，那我要走了。」

或許是被逼急了，女同學厚著臉皮道：「感、感情是可以慢慢培養的！」

可能是仗著自己頗有幾分姿色，才敢說出這種話吧？我扯唇一笑。

「那也是在雙方都有意願的情況下，但我沒有。」

梁熙的回答十分傷人，卻也是事實，培養感情，本來就是雙方的事。

「而且，我已經有喜歡的人了。」

「你有喜歡的人？」女同學怔然，「……我怎麼沒聽說呢？」

對呀，怎麼沒聽說呢？我在心裡跟著附和。

想不到居然被我遇上這麼大的瓜，我驚喜地豎起耳朵想仔細聽聽，殊不知這被燃起的好奇心，竟會在下一刻，瞬間變成晴天霹靂——

「我喜歡室設系的趙織光。」

嗯？開什麼玩笑！他會喜歡我才有鬼！

我激動地差點就要衝上前找他理論。

女同學和我同樣震驚，她瞪大雙眼，摀住半張嘴低呼，「但、但但但你們不是沒什麼交集嗎？我知道你們有兩堂選修課同班，又都坐在隔壁，可是……」

「座位都是自己選的，妳覺得，我爲什麼每次都選擇坐在她旁邊呢？」

女人的聯想力是很強大的，梁熙這句話無疑是在變相地表示「當然是因爲我喜歡她，所以才想跟她坐在一起」。

放屁！我氣到跺腳。

這半學期以來，他都不怎麼搭理我，也不太跟我說話，現在還敢說他喜歡我？他當大家都眼瞎嗎？

「原來如此，我明白了。」話說完，女同學便一臉心碎地要離開了。

我眞是無語了，妳明白什麼了？

見女同學有所誤會，我也顧不得會被他們發現我偷聽，著急地想追上去解釋，卻先被梁熙一把攔下。

「去哪裡？」梁熙用力地將我扯向他，另一隻手托在我的腰後。

我一時忘記呼吸，緊張和憤怒的情緒交織在胸口，令我險些喘不過氣。

以前沒經驗所以不知道，現在體驗過才發現，電視上演的都是騙人的，兩個互相討厭的人抱在一起，根本不會怦然心動、產生情愫，只會覺得渾身不自在。就算有被電到的感覺，那也是因爲恐怖到頭皮發麻！

我慾住想罵他的衝動，拉住腦中最後一根理智線，推了推他，「梁同學，請放開我。」

梁熙勾唇，緩緩鬆手，「偷聽別人說話還不夠，現在還要追上去嗎？」

我心虛地別開視線、調整呼吸，強迫自己裝出幾分從容的樣子，問道：「你什麼時候發現的？」

「這很重要嗎？」他揚眉，淡淡地問。

他說得對，現在這不是重點。「梁熙，你明明不喜歡我，剛才爲什麼要說謊？」

「妳怎麼知道我不喜歡妳？」

這句話是陷阱，有兩種意思，端看我如何解讀。

「你是在拿我當擋箭牌？」我壓抑滿腔怒火，好聲好氣地道：「萬一她傳出去怎麼辦？」

「那她要怎麼跟大家說，她是如何知道的？」梁熙問。

「什麼意思？」

「她難道要跟大家說，因爲被我拒絕了告白，所以才知道的？還是要胡謅，一切都是她的揣測？」

這個男人眞可怕……把自己撇乾淨的同時還挖坑給別人跳。

「你上選修課的時候，爲什麼要坐在我旁邊？」既已如此，我不如打開天窗說亮話，「因爲討厭我，所以想揪出我的小辮子，或者純粹覺得好玩？」

「我是那麼無聊的人嗎？」

你現在就挺無聊的！我咬牙切齒地瞪著他。

「趙同學，妳的表情不太好，身體不舒服嗎？」

梁熙望著我，眼瞳泛起微光，唇角淺揚，似笑非笑的模樣。看在別的女生眼裡，或許會覺得迷人，但於我而言，只有毛骨悚然。

心驚之餘，我腦袋一轉，忽然明白了。

梁熙早就發現我在偷聽，所以才故意跟那個女生說他喜歡我。他根本就是在逗我玩，樂見我氣得跳腳的模樣！

這個人分明滿肚子壞水又心機重，表面上卻裝出溫文儒雅的樣子，這傢伙該不會也和我一樣，人前人後兩副面孔吧？

我斂下視線，不自在地捏住衣襬，放任窒息般的沉默在我們之間蔓延，思忖著這件事情究竟該不該作罷，畢竟我道行太淺，恐怕鬥不過他……

猶豫了片刻後，我向梁熙說道：「如果沒什麼事的話，我先走了。」

梁熙點點頭，側身讓路。

我本以為能擺脫他，卻沒想到他竟跟在我的後面。他到底是故意的，還是只是恰巧同路？

「你要去哪裡？」

梁熙的眼中含著笑意，輕吐三個字：「圖書館。」

我皺起眉頭，不太相信他的話。

梁熙連安靜地走在我旁邊，都能給我一股壓迫感，令我有點想快點逃離他的身邊。不然，我跟約好的盧巧縈說我臨時有事，今天沒辦法幫她了，然後就直接回家吧？

我在圖書館前的噴水池邊停下腳步，儘管內心煎熬，但頭腦運轉的速度，遠不及衝動之下提出的疑問：「梁熙，你對我是不是有什麼誤會？」

午後的陽光，灑落在眼前這張令許多人春心蕩漾的臉龐上，我卻全然沒心情欣賞。我只想弄清楚，他一直針對我的原因。

「誤會？」他的嗓音輕快，還帶著些許笑意，「妳怎麼會這麼想？」

「就是覺得，你看我的眼神……」

正當我在思考是不是自己多心的同時，梁熙竟忽地收起笑容，眼神充滿深意地開口：「我只是在想，這個在我面前的女孩，真如大家所見嗎？私底下的妳，會不會不太一樣呢？」

這句言簡意賅的提問，嚇得我胃部一陣翻騰。

他、他他他是知道了些什麼嗎？

我忍住內心的恐慌，思索哪裡露出了馬腳，故作鎮定地問：「怎麼會不一樣呢？」

梁熙輕輕點頭，笑得更燦爛了，「是啊，為什麼會不一樣呢？」

這段對話隱藏著各自的試探，而且事情似乎偏向我不期望的方向發展……

此時，一道熟悉的身影落入餘光之中，我轉頭指向正要走進圖書館的人，「啊！是巧縈，我去找她！」

盧巧縈回頭，驚訝地看著我，「織光學姊？妳不是早就出發來圖書館，說要先占位嗎？怎麼比我還晚到？」

「抱歉、抱歉，有事耽擱了。」我勾住她的臂彎，拉著她迅速往圖書館走去。「希望還有位子。」

就在我和盧巧縈走上二樓，四處張望、尋找座位時，梁熙又出現在我們身後。

「咦？梁熙哥？」盧巧縈喜出望外。

我深呼吸，眨了眨眼。今天難不成是水逆嗎？為什麼就是擺脫不了那傢伙呢？

隔著我，梁熙問盧巧縈：「妳來讀書嗎？」

「我來查資料的。」看來盧巧縈似乎沒發現我和梁熙之間的異樣氣氛，甚至熱情地提出邀約：「梁熙哥要和我們一起坐嗎？」

不要！

「可以。」

你們能顧及一下我的意願嗎？早知道就不要答應盧巧縈，幫她找寫報告要用的參考書了。

我又印證了李榆安常說的那句話——濫好人容易吃虧。

「學姊，走吧！我們再上樓看看。」盧巧縈挽著我的手臂，「四樓應該還有座位。」

望著無辜的盧巧縈，不忍潑她冷水的我，只能放棄掙扎。

最後，我們在靠窗的角落處找到了一排空位。

盧巧縈理應坐在中間，因爲她和梁熙比較熟，但某人不曉得發什麼神經，竟然挑了我身旁的位子入座。

我從包包裡拿出講義，打算利用幫盧巧縈找資料的空檔，複習一下系上課業，結果卻一個字都讀不進去。

有梁熙在旁邊，我連頭都不敢亂抬，就怕和他對眼，又會橫生事端。

我裝模作樣地翻書，滿腦子都在想，自己究竟哪裡露出馬腳，被梁熙識破了，思來想去卻毫無頭緒。

即便我試圖安慰自己，或許他只是隨便說說，或許他口中的「不一樣」，並不是我擔心的那個意思，但還是很難說服得了自己！

梁熙那麼聰明，怎麼可能會無端說出那種話？我手撐著額，以指腹按揉太陽穴。

盧巧縈爲什麼找本書找這麼久，到現在還不回來？我已經如坐針氈、脊背發涼了……

我心不在焉地轉著手裡的筆，正想著要不要裝傻，再跟梁熙問點什麼時，一不小心讓筆飛了出去，掉在他腳邊。我彎身要撿，卻被他搶先一步。

梁熙拾起筆，微微睨了我一眼，讓我突然有種做壞事被抓包的感覺。

「謝謝。」我禮貌微笑，朝他伸手。

但他非但沒有還我筆，還故意將筆桿捏在手裡把玩。

不巧，盧巧縈偏偏在這時回來，她看了我一眼，再看向梁熙那副若有所思的模樣。奇怪的氛圍，令她疑惑地問：「你們怎麼了？」

「我們……」

「沒什麼，只是她的筆掉了。」梁熙若無其事地將筆歸還給我後，繼續低頭看書，彷彿什麼事也沒發生。

的確沒什麼，只是在經過稍早的那段對話後，現在他的每個神情和眼神，都能輕易地害我膽顫心驚。

我憋了一肚子的怨氣，覺得梁熙肯定是故意的，他知道我不可能在盧巧縈以及其他同學們的面前發作，就一直有意無意地使小動作捉弄我。

但他到底知道了什麼？難道眞的發現我不爲人知的一面了嗎？萬一他到處亂說，或拿這件事威脅我怎麼辦？那我美好的大學生活，不就掰掰了？

✦

晚上來我家蹭飯的李榆安，見我坐在沙發上悶悶不樂，欲言又止。

我見他那副不乾脆的模樣，沒好氣地道：「想說什麼就說。」

「本來想關心妳，但看妳這態度，又不想了。」

「呿。」

話雖如此，但沒多久，他仍是問：「妳在想什麼？」

「鯉魚，你該不會出賣我吧？」我沒頭沒尾地說。

「我出賣妳什麼？」他一臉茫然。

「就……你不是知道我在家跟在外有差嗎……」別說他聽得不明就裡，連我都不曉得自己在胡說什麼。

「我有這麼無聊嗎？」李榆安無奈地失笑。

我擺了擺手，「算了，我也知道你不會。」姑且不論我曾經幫助過他，這幾年來，我爸媽那麼照顧他，但凡是個人都不會背叛我。「我只是聽你說之前和他一起打過球、聊過天，所以……」

李榆安皺起眉頭，「趙織光，妳現在到底在說誰？梁熙？」

我點頭，整張臉垮了下來，「對啊。」

「他跟妳說什麼了？」

「他好像知道了些什麼關於我的事。」我輕嘆，「但我也不清楚。」

李榆安雙手環胸，「他是怎麼說的？說來聽聽。」

我把下午發生的事告訴李榆安後，他先是陷入了一陣沉默，接著神色一鬆，「原來如此。」

「什麼原來如此？」

「嗯……我覺得妳不用想太多啦！」李榆安拍了拍我的肩膀，「梁熙要是真的想說什麼，他早就說了，況且，他看起來也不像是會多管閒事的人。」
「如果他真的知道了什麼，又不打算說的話，那幹麼挑釁我？」
「可能就想逗逗妳吧。」李榆安聳肩道。
我哭笑不得，「我是貓嗎？難不成還要給他一根逗貓棒？」
「妳也可以試試啊。」他咧嘴笑了起來。
「你說得輕鬆，」我舉起拳頭作勢要揍他。「萬一他抓住我的把柄，要脅我怎麼辦？」
「妳現在說的可是校園男神梁熙耶。」李榆安搖搖頭，一副覺得我根本想太多的模樣，「他要威脅妳什麼？人家比妳優秀那麼多，再說了——」他話沒能說完，腹部便被我用手肘攻擊，痛得擰眉大叫：「痛痛痛痛啦！」
我撥了下頭髮，瞪他一眼，「知道痛就好。」
「趙織光，妳越來越粗魯了，動不動就動手動腳，不怕在學校一不小心就表現出來嗎？」李榆安撇唇，「搞不好梁熙會發現妳的祕密，都是妳自己造成的。」
「閉嘴。」我已經在擔心了，他還說風涼話。「你是沒被打夠？」
「我勸妳收斂些，多積點德。」
「你到底是不是朋友？能不能說點安慰人的話？」我朝李榆安狠狠瞪去一眼。
他嘆了口氣，認真地對我說：「趙織光，如果妳表裡不一的事在學校裡被傳開了，我也會和妳一起面對，哪怕再被孤立、被說閒話，至少妳還有我，現在的我，已經有能力保護妳、幫助妳了。」

聽見他這一席話，我不禁眼眶泛淚，想不到李榆安哄起人來會這麼感人。

但他不懂，如果不曾擁有過，便不會害怕失去。

這些年，我太享受被人稱讚、注目的感覺了，我無法接受一夕之間，所有努力都付諸流水的情況。

說我虛榮也好，但想成爲一個耀眼奪目、討大家喜歡的人，又有什麼錯呢？

第四章　荒腔走板的「曖昧」定義

她談感情一直都挺單純的，因為根本沒談過。

「織光，方便的話，下午三點，能來一下建築系的模型教室嗎？」

當我點開建築系學長的LINE訊息時，不小心被正打算跟我借上課筆記的童允樂看見了內容。

「我看見了喔……」

「妳看見就看見，幹麼說出來？」我被她的可愛逗笑。

「因爲我很好奇，林學長找妳去模型教室幹麼？」

林學長是我們之前在社團聯合活動上認識的人，他又瘦又高，戴著一副金邊眼鏡，相貌不差、斯文有禮，笑起來頗有親和力。

建築系就在室設系的隔壁，因此我們時常巧遇，偶爾在西區的學生餐廳碰到，也會一起吃飯。

「妳好奇的話，下午跟我一起去？」我提議。

「不要。」童允樂從我手中拿走筆記，邊埋首抄寫，邊問：「難道妳不知道學長找妳幹麼嗎？」

「我眞的不知道。」我和林學長之間半生不熟的，雖然上週在學校裡偶遇時，小聊了一會兒，但我對於他今日忽然的邀約，著實毫無頭緒。

「那還是算了，等妳赴完約再說吧。」童允樂朝我曖昧地眨眼。

「爲什麼？」

「因爲女人的直覺告訴我，去了會被討厭。」

「爲什麼？」

「壞人好事啊。」

坐在我們後面的花花手撐著桌面，傾身向前，說道：「難怪之前會有同學說『妳別看織光條件那麼好，一副身經百戰的樣子，其實她談感情一直都挺單純的，因爲根本沒談過，更遑論和人搞曖昧了』。」她朝我嘆了口氣，「都這麼明顯了，妳還不知道？」

我一臉茫然，到現在還是搞不清楚狀況。

「林學長十之八九，是要向妳表白啦！」花花說。

「向我表白？林學長？」我指著自己，瞪大眼睛。

花花翻了個大白眼，「對呀，不然呢？」

「不過也有可能是喜歡我們班的誰，想請織光幫忙遞情書、送禮物之類的。」童允樂笑著說：「這種事情，大二時也不是沒發生過。」

花花點頭補充：「嗯，大一時也發生過幾次。」

的確，雖然我常被人告白，但也經常遇到一些烏龍事件。

童允樂嘖了幾聲，「聽說女神人好心善，請女神幫忙告白，還能順便替他們美言幾句，那些男孩子，孬歸孬，倒是挺會盤算。」

此番話，喚醒了我的回憶——

「織光，妳能幫我打聽一下×××對我的想法嗎？」

「趙同學，可以請妳幫我跟×××說，我真的很喜歡她，希望她能再考慮考慮……」

「這是我用存很久的錢買的項鍊，但她不肯收，學妹，妳能不能在她面前，多說一些我的好話？」

別人談戀愛，我卻要跟著費心勞力，現在想想，實在好心酸。

「是不是後悔自己浪費那麼多時間在擔心別人的事？」花花輕捏我的臉頰，「妳要繼續這樣下去到畢業嗎？」

「這也不是她願意的。」童允樂攬住我的肩膀拍了拍，「織光就是太善良、太好說話了。」

「還是妳要考慮考慮梁熙？」花花頗具興味地勾唇，「雙學霸的組合，光用想的就很美好。」

童允樂舉手贊成。

「我覺得感情這種事，不能勉強……」我啼笑皆非。幻想都是美好的，我和梁熙還是井水不犯河水比較好。

「凡事不要預設立場，不試試怎麼知道？」

這花花真是缺心眼，她難道聽不出來我只是在講表面話嗎？

「妳身邊出現了這麼個強勁對手，李榆安有危機意識嗎？」童允樂問。

「什麼強勁對手？」我一頭霧水，誰？梁熙嗎？

花花誤會了我的意思，擺擺手道：「也是啦，李榆安就是個遲鈍的理工科直男啊！肯定還沒意識到。」

「其實我覺得，他也沒那麼直男……」至少那天他安慰我時所說的話，有說到我心裡，而且認真說，李榆安的心思有時候還挺細膩的。

「嗯……他可能是有溫柔的一面，只是不會在我們面前表現出來。」童允樂停筆，撐起腮幫子，「不過，妳跟我哥眞的不可能嗎？」

「妳怎麼還不死心啊？」花花哈哈大笑，「到底多希望織光能當妳嫂子？」

「肥水不落外人田啊！況且，妳不懂我多擔心我哥，我之前還差點以爲他喜歡男生……」

「妳這番話最好別被妳哥聽到。」

聽著她們嬉笑聊天，我的心情卻絲毫未受輕鬆氛圍所感染，總覺得近期發生了太多我無法掌控的事，剪不斷，理還亂。

而這些狀況，都是隨著梁熙出現的。

下午三點，我依約前往模型教室。

我原本在門口等待，卻不小心透過窗櫺瞥見裡頭浪漫精心的布置，和此刻待在教室裡的人。

我的一顆心倏爾狂亂地跳動著。不是因爲心動，而是因爲驚嚇。

我舉步入內，錯愕地盯著眼前的人，「梁、梁熙？」

梁熙的目光自設計圖上移開，掛起若有似無的淺笑，「妳來了。」

我充滿警戒地環顧四周，接著再與他對視，「你知道我會來？」

「嗯。」他點點頭，「我在等妳。」

「等我？」

爲什麼爲什麼爲什麼？他爲什麼要等我？難、難道……約我的人是他？林學長其實是個幌子？

「你……我……」這氣球、這氛圍、這粉紅泡泡感，他該不會是要向我——不，這也太可怕了吧！

我瑟縮了一下，後退幾步，「你你你找我不會是要……」

我自認自己的腦袋還算靈光，卻沒想到現在會如此支支吾吾，還嚇出一身冷汗。

「我有話要跟妳說。」

趙織光，深呼吸、吐氣，妳千萬要堅持住！無論如何都要維持形象。

「你要跟我說什麼？」我故作落落大方地問，藏於身後的手卻緊緊揪住裙襬。

「林學長臨時被教授找去討論事情了，他要離開這裡時剛好遇到我，託我跟妳說一聲，順便幫他顧著。」

原來梁熙不是要跟我告白。我鬆了一大口氣，瞬間冷靜下來，「顧著什麼？」

他指了指綁在後方桌柱上的幾顆玫瑰金愛心氣球，一切盡在不言中。

「所以，你只是幫林學長傳話給我……」

「遺憾嗎？」他嘴角微揚，神情中透出一絲壞意，「要不，我們來聊點別的？」

旁人看上去或許會覺得很帥，但我卻絲毫感受不到那份魅力。

「聊什麼？」我剛卸下的戒備，因他的話而被再度挑起。

只見梁熙慢條斯理地從書包內抽出一本書，遞給我，「這是妳掉的。」

我眼角一抽，瞪著眼前的《十二星座大全》。我表面強裝鎮定，內心實則波濤洶湧……

不會吧！

這書是我的，封面上沾到的咖啡漬，是之前我把書丟在客廳的桌上時，被老爸拿去墊咖啡，不小心滴到的。

見我沒收回，梁熙逕自翻了幾頁，開口道：「我看了幾頁，發現內容滿有意思的，裡面還有妳用原子筆寫下的應用方式和……吐槽。」

我的回憶忽地被喚起。

為了了解每個人的個性，我曾經買了幾本關於星座的書研究，藉此掌握對方的個性，並學習如何討他們喜歡。

然而，我認為這本書對於某些星座的分析不太準確，因此打算拿去回收，卻忘了那天沒有回收車。準備回家的時候，才發現自己沒有帶鑰匙，偏偏爸媽又和朋友們去旅行了，家裡沒人可以幫我開門，所以只能到附近的便利商店等妍光的晚自習結束。

後來，我把書留在便利商店的座位區，想讓它自己找個有緣人，豈料最後竟輾轉被梁熙撿走了。

「你怎麼會覺得這本書是我的？」

「我看到了。」

「你看到了？」我迴避他的目光，嚥了口口水。

我難掩慌張，因爲我根本猜不出梁熙到底想幹麼……

「妳這麼慌張，會讓我有許多猜想。」梁熙直言。

我從他手中接過那本星座書，緊抓著。我敢篤定，那天那位女同學告白時的緊張程度，絕對不比現在的我。

「梁熙，你到底想說什麼？」橫豎都得面對，我決定豁出去了。他總不會只是要斥責我，告訴我不該把書亂丟在便利商店吧？

他笑得刺目邪魅，宛如惡魔一樣，接著便低頭滑著手機相簿，點開一張照片，秀給我看。

照片裡的我站在書架前，看著少男漫畫的封底簡介，瀏海隨意地用髮夾扎著，長髮被鯊魚夾固定在腦後，臉上戴著一副粗框眼鏡，身上穿著Oversize的T恤和眞理褲，兩條竹竿腿雖然還算能看，但要把藍白拖穿得有型，實在有難度。

我忍住想抱頭痛哭和飆罵髒話的衝動，無語地咬唇。

「那天我去拜訪親戚，沒想到居然會看見這種畫面。」

「你怎麼認出我的？」話一說出口，我才發現自己顯然不打自招了。

「眼睛、聲音、身材。」

鏡片那麼厚，我戴上去跟皮皮蛙一樣，而且我的聲音那麼普通，他也能辨認得出來？還有身材是怎麼樣？他是想間接嫌棄我乾癟、胸前沒料嗎？

「你這算偷拍了。」

「我只是想找機會確認一下，那是不是妳。」

「那你現在確認過了，可以刪掉了嗎？」我沉下臉色。

梁熙靜靜地看著我，過了片刻才道：「趙織光，我知道妳不喜歡我，我也知道，或許妳真實的個性，並不如大家所見……」

眞是夠了！我聽不下去，直接打斷他：「你憑什麼如此認定？」

「憑此刻妳臉上露出的笑容，看起來十分不自然和尷尬。」

「所以你想怎麼樣？」既然他都知道了，那我們打開天窗說亮話也好，總比他總是在學校試探我來得直截了當。

「我不想怎麼樣。」

我被他的回答惹毛，頓時胸口一把火，握起拳頭咬牙切齒地說：「你知道這件事對我而言有多重要嗎？」

一想到他像顆未爆彈一樣，隨時能毀掉我苦心經營的一切，就讓我感到既生氣又害怕，渾身也不自覺地顫抖起來。

「有多重要？」面對我快要炸裂的怒氣，梁熙依舊波瀾未興。

「像你這樣的人，是不會懂的。」我現在沒心情分享我的心路歷程，只想找個地方躲起來大吼幾聲，狠狠發洩。

「我怎麼樣？」他挑了下眉，收起手機。

「明明高高在上、不可一世，身旁卻還是有那麼多人願意圍著你轉、捧著你，你一定很得意吧？」

「我從來沒在乎過。」

「我想，一直都受人矚目的你，也不曾失去過什麼吧，所以才能說得如此輕鬆。」他一直都是這麼優秀的人吧？天生就站在陽光下閃耀著。沒有經歷過任何黑暗的人，怎麼可能懂得我的心情？

梁熙順著我的話問：「那妳失去過什麼？」

我抬眼，跌進他清澈的眼眸，內心忽地滑過一絲奇異的感覺。我忽然答不上話，時間彷彿靜止了幾秒，我甚至忘了呼吸。

我沒必要將過往的經歷和不熟的人訴說，因此我別開眼，顧左右而言他：「反正，我沒你聰明、家境沒你富裕，長得也沒你好看，但不代表我就——」

「趙織光，打從妳拿自己跟我比較開始，就已經錯了。」

我愣了愣，頓時無法反駁，只能忍下滿肚子的怨氣，耐著性子問：「不然你到底想怎樣？」

梁熙垂眼思忖了一會兒，說：「我改變想法了。」他單手插進褲兜，身體微微傾向我，使我感受到一股無形的壓迫感。

說話就說話，靠這麼近做什麼？萬一被別人看到，誤會了怎麼辦……

我試圖拉開距離，但能讓我閃躲的空間十分有限，鼻息間飄進他身上清新好聞的味道，那是一股洗衣精揉合淡古龍水的香氣，選修課上，我們坐在一起時，經常會聞到。我曾聽到女同學在猜測他用的是哪一款香水，想買同款的給男友，說感覺噴了能沾染一些男神氣質。

「我覺得，妳該好好想想。」梁熙說了一句沒頭沒腦的話。

「想什麼？」我問。

「想想能做些什麼，來讓我替妳保守祕密。」

「你在威脅我？」我的臉色越來越難看。雖然早就知道他難搞，但眞想不到他竟是這樣的人……

梁熙笑而不語。

「你就這麼想欺負我？」我壓抑著即將暴走的情緒，沉聲道：「選修課上，你總是對我擺出意興闌珊的態度，前陣子又平白無故地和向你告白的女生說你喜歡我，現在和我攤牌之後，又要我討好你。你眞以爲我會一直乖乖地被你逗著玩、聽你的話嗎？」

梁熙聽我說完，唇邊的笑意更盛，這令我感到無地自容，好像我對他而言，就只是個笑話。

「那妳就什麼也別做。」

他看起來毫無慍色，絲毫不爲所動，讓我恨不得揪住那近在咫尺的衣領，一拳揮過去並大吼：「你這混蛋，不要給我太過分了！」

正當我在心裡模擬著各種要反擊他的畫面時，梁熙忽然瞄向窗外，我氣噗噗地追著視線望去，看見林學長正往教室走來。
梁熙拉開了我們之間的距離，轉身拎起擱在椅子上的背包。
見狀，我趕緊拉住他，「你這就要走了？」我們話只說到一半，都還沒個結論呢！
「趙織光，」梁熙對上我有些慌亂的目光，輕聲道：「我沒想過要為難妳。」
這一切發生得太快，我瞥了一眼窗外那逐漸靠近的身影，還來不及細思他說的話，林學長就已經走進教室。
見我們都在，林學長帶著幾分歉意地朝我咧開笑容，「織光，抱歉啊，讓妳久等了，事發突然，所以我——」
「沒關係，梁同學都和我說了。」
我表面鎮定，內心崩潰。沒能和梁熙達成共識，讓我一顆心像陷進流沙裡，跌至深淵似的。
拜託隨便來個誰，告訴我這一切都只是一場惡夢行嗎？
林學長拍拍梁熙的肩膀，向他道謝：「學弟，謝謝你的幫忙，若不是湊巧遇到你，我一時還不知道該怎麼辦呢！」
「沒事。那我先走了。」話落，梁熙背著包，與我擦肩而過。
林學長渾然沒有察覺到我的異樣，等教室裡只剩下我們兩個的時候，他做了幾回深呼吸，調整好情緒後便開口道：「織光，我喜歡妳！」
沒有引言，更沒有任何的試探，學長的心思單純，和梁熙是截然不同的兩種類型。
我凝視他真誠的雙眼。對於他的喜歡，我雖然很感激，可即便是母胎單身，我還是能分辨得出自己對學長的感情，除了學長學妹間的情誼之外，沒有其他的了。

「妳看到這間教室的布置時，應該就發現我的心意了……」林學長搔了搔後腦杓，紅著臉說：「但時機實在太不湊巧，我被教授抓去講了很久，讓妳等，眞的很抱歉。織光，我是眞心的，我知道妳不可能馬上就接受我，但我希望妳至少能明白我的心意，如果可以的話，我希望妳願意以交往爲前提，和我相處，並多認識我一點。」

我臉上掛著不失禮貌的微笑，說道：「學長，謝謝你喜歡我，可是我沒辦法接受你的心意。」

我還是有點不習慣拒絕別人，儘管我能對許多事低頭、說好，但面對感情，我卻無法將就。

林學長面露失望，抬手揉著脖子，被拒絕後的難堪令他沉默了。

我知道他只是希望我能給他一個試著相處看看的機會，而非現在就要在一起。可我也知道，現在狠心地拒絕他，才是爲他好。

初識學長時，我便已經理性地分析過，並且清楚地知道，我對他不會產生朋友以外的情感。長痛不如短痛，現在就果斷拒絕是最好的。

不過比起思考我和學長之間的事，現在的我其實滿腦子都快被梁熙所占據。即使他說自己無意爲難我，但我認爲凡事留點心眼總是好的，況且我和他又不熟，不可能傻傻地相信他。

學長似乎察覺到我的心不在焉，卻沒有對我發脾氣，而是依舊溫柔地說：「織光，我把教室收拾一下，妳先走吧。」

「不，我跟你一起。」我動手替他拆掉黏在桌上的裝飾和綁在桌柱上的氣球。見他怔怔地杵在一旁，我微笑道：「因爲，這是我唯一能爲你做的事了。」

✦

這陣子，一想到我和梁熙之間還有事沒說清楚，我就煩躁不已。

在了解完整件事的經過後，李榆安說，他能明白我爲何會有如此反應，但他同時又覺得，是我把梁熙想得太壞，才會如此膽戰心驚。

我承認自己對梁熙有偏見，但本來凡事就該多留些心眼吧？

那天我雖然一副不會屈服於他的樣子，但冷靜下來之後，我卻孬得連自己都瞧不起自己。

選修課上，我開始會主動坐到梁熙的旁邊，時刻留意他在學校的動向，並釋出我的友好、善意，希望他能看在我示弱的分上，別毀掉我辛苦建立起來的人設。

好比此刻，學生餐廳裡人滿爲患、一位難求，換成從前，我絕對寧願不吃，也不和他併桌，但現在的我卻求之不得。

「能一起坐嗎？」

梁熙的身邊還坐了他傳說中的兩位好友，顧清行和于淵。他們似乎早就知道我的存在，對我投來頗具興味的目光。

梁熙瞇起眼，嘴角彎起一抹淺淺的弧度，沒有回答。

學生餐廳裡鬧哄哄的，我們這裡的氣氛硬是隨著他的沉默尷尬了幾秒。

「怎麼樣？可以嗎？」童允樂望著一旁看戲的于淵。

「我們當然可以！」于淵親切地勾唇。

所以問題又回到了梁熙身上。

直到我們等到打算放棄時，他才開口：「坐吧。」

我和童允樂坐進圓桌裡剩餘的兩個空位，簡單討論過要吃什麼後，決定輪流去買。

不久，顧清行和于淵也離開了，剩我和梁熙在位子上。周圍有幾位學生好奇地看向我們，還時不時交頭接耳。

爲了避免焦慮，我試圖轉移注意力，揚起僵硬的笑容，和梁熙搭話：「好巧喔……對吧？」

梁熙不以爲然地看著我，彷彿他早就知道我心中在盤算什麼。

我平日多半都在校外用餐，頂多偶爾在西區學餐覓食，今天之所以到主校區吃飯，是因爲打聽到梁熙會爲了配合友人而來這裡，所以才刻意來碰運氣。

我躲避他過於犀利的目光，垂下眼眸，「你也可以先去買吃的，我留在這裡幫你們顧東西……」

「好。」這次他終於好心了一回，依言動身。

他前腳才離開，顧清行和于淵就回來了。

他們放下餐盤，坐回位子上，好像對我很感興趣，「妳跟梁熙很熟嗎？」

「不熟。」我禮貌地微笑答覆，「我只是剛好和他修同樣的課，在課堂上偶爾會受到梁熙的照顧……」

我話還沒說完，他們已經控制不住表情。

于淵皺了下眉，不客氣地大笑，「梁熙照顧人？」

顧清行手撐著下頷，朝我瞥了一眼，「這是我今天聽過最好笑的笑話。」

我錯了，我不應該在十分熟悉梁熙的他們面前冒然說出那樣的話。

「我照顧人很稀奇嗎？」

我抬頭看向梁熙，他只買了一杯飲料就回來了，難怪這麼快。

雖然不想承認，但此刻出聲的他及時拯救了我，讓我不至於那麼尷尬。

他們看著梁熙，同時開口：「是非常稀奇。」

「看來妳說得沒錯，梁熙的確對妳『照顧』有加。」于淵對我眨眨眼。

我不自覺地打了一個寒顫。

此時童允樂終於回來了，她的手上端著滿滿一盤食物，原來她連我想吃的都順便買了，難怪去那麼久。

開始用餐後，我和允樂聊著上週交的設計草圖，而梁熙他們討論的層面，大至全球的經濟、時事，小至國內的科技技術、電子發展。同樣是大學生，思考和關注的事物卻差了十萬八千里。

就在我以爲自己可能眞的把梁熙想得太壞，稍微放鬆戒備時，于淵的一句話，令我再度繃緊神經，「趙織光，妳該不會眞的喜歡梁熙吧？」

「嗯？」我一臉問號，眼睛越睜越大，「嗯嗯嗯？」

他剛剛說什麼？我喜歡梁熙？怎麼可能！哪兒來的誤會？

沒等我反應過來，于淵掏出手機滑開校園論壇，指著一則熱門文章，「最近關於你們兩個之間有曖昧的傳言，被炒得沸沸揚揚的。」

這則貼文我昨天就看到了，但我沒太當一回事，畢竟這種時候，越是反應過激，越令人起疑。

我還記得，留言區裡有一個女生斬釘截鐵地說梁熙喜歡我，幸好底下的留言大多在質疑她，而她也遲遲沒有反駁。

雖然不知道眞相爲何，但我猜測，發布這則留言的人是上次向梁熙告白，還被我撞見的女生。她當然沒辦法反駁了，總不可能和大家說，這是梁熙拒絕她的原因吧。

「明明貼文說的是梁熙喜歡妳，這個于淵，該不會是想套妳話吧？」童允樂在我耳邊低語。

「她怎麼會是喜歡我？」梁熙慵懶地挑眉，唯恐天下不亂地說：「她是怕我。」

「怕你什麼？」顧清行問。

「怕我說出她的祕密。」

我不用照鏡子都知道，自己此刻掛在臉上的表情肯定很驚悚。這傢伙那天還說什麼不想爲難我？他現在根本就是在欺負我！

「哇——你們之間已經進展到有祕密的關係了？」于淵說。

「織光妳有什麼祕密啊？」童允樂看起來有點吃味，「我怎麼可能不知道？」

「梁熙開玩笑的。」我神情僵硬地安撫她。

「到底是不是真的？」于淵很堅持要我們給個說法。

如果眼神能殺人，那我保證梁熙現在肯定已屍骨無存。李榆安看人根本不準，梁熙簡直壞透了好嗎！

「嗯，是有個祕密。」梁熙笑得不懷好意，活像從十八層地獄冒出來的妖魔鬼怪。你敢說出來試試看！我絕對跟你沒完。

「我說我喜歡她，她拒絕了。」梁熙輕聲說道。

「哈哈哈哈哈，這算哪門子的祕密啊？你根本在搞事吧！」于淵整個人笑到前俯後仰，連感覺對任何事都漠不關心的顧清行也忍不住笑了一聲。

童允樂驚呼：「織光妳是不是瘋了？」

「什麼？」我被罵得一頭霧水。

「條件這麼好的男——」

意會過來她想說什麼，我趕緊打斷她的話：「允樂，妳等一下不是還有事嗎？我們走吧！」

我迅速清掉桌上的餐盤和垃圾，向梁熙他們匆匆道別後，拉著童允樂離開。

一踏出學餐，童允樂立刻甩開我的手，興奮又不解地追問：「織光，妳爲什麼拒絕男神的告白啊？」

「他只是鬧著玩的。」我說。

「什麼意思？」童允樂歪著頭，「妳是說，梁熙剛剛是在開玩笑？」

「對。」

「所以他並沒有喜歡妳？」

「沒有。」

「男神不像是會開這種玩笑的人啊……」童允樂困惑地皺眉，「那妳的祕密是什麼？」

「我沒有祕密。」

「那他爲什麼——」

「他是故意的，在逗我們玩呢。」

「想不到男神還有這一面……」所幸童允樂很快就接受了我的說法，沒有再繼續追問下去。

「之前我幫巧縈找學術資料的時候，剛好碰到梁熙，相處過幾次，他其實人滿幽默的。」幽默到我想揍他。

「妳說巧縈學妹？她跟梁熙認識？」

「嗯，妳沒聽說嗎？他們兩家人互相認識，還滿熟的。」

「居然有這種事……」童允樂露出茫然的表情，或許是因爲忽然接收了太多資訊，腦筋轉不過來。

「不過，知道我拒絕林學長時，妳都沒什麼反應，剛剛爲何那麼激動？」

「梁熙可是校園男神欸，是那麼一個可遇不可求的對象，我還以爲妳連男神的告白都不接受。」

好吧……是我把頭腦簡單的她給複雜化了。「走吧，我們不是要去系學會嗎？」

「喔對對對！我要去系辦報名月底的聯誼。」

「妳要聯誼？」

「對呀！花花也報名了呢！她總算走出失戀情傷，願意認識新的異性了。」童允樂興致盎然地道：「妳要不要也報名？這次是跟建築系耶，機會難得喔。」

確實，明明我們兩系相鄰，之前卻一直都沒一起辦過聯誼活動……

✦

每週兩小時的商用英文課上，老師要我們利用後半節課，和隔壁同學兩兩一組，進行專題討論。

我認眞地向梁熙提出我的想法，但他顯然沒將心思放在題目上，到最後連我自己都覺得沒意思。

梁熙拿起藍筆，在講義上的空白處，條理分明地以英文寫下分析，然後用食指點了點桌面，「趙織光，這就是妳想到的方法？」

「什麼方法？」

「讓我保守祕密的方法。」

他把課題解了，卻沒給我探討的時間，直接切換到私人的話題。

男神的腦迴路果然不是普通人跟得上的。

「現在還在上課，我們討論這個不好吧。」我壓低音量道。

「妳怕我跟別人提及妳的事，所以這陣子經常在我身邊打轉，找到機會就監視我……」梁熙失笑，「若是如此，妳可能得加把勁。」

「我不懂你的意思。」我裝傻。

梁熙沒有回話，而是在我的講義上寫下一串數字。

「這什麼意思？」

「我的手機號碼。」

「你給我你的手機號碼幹麼？」我們有私下聯絡的必要嗎？

我把寫有號碼的講義翻到背面，不自在地說：「我們都已經被傳曖昧了，你還這樣，不就跳到黃河也洗不清了嗎？」

梁熙清俊的臉龐側過來面向我，那雙好看的眉宇微揚。他不以爲然地問：「我怎麼樣？」

我低下頭，囁嚅：「一副跟我很熟的樣子。」

「妳很困擾？」

「相當困擾。」我點了點頭，我只想安穩地度過大學剩餘的時光。「而且，我還想在畢業前談場戀愛呢，前幾天才剛報名系學會的聯誼活動……你這是在擋人桃花，很、很缺德的。」

不知爲何，講著講著，我開始有點心虛，許是因爲梁熙盯著我的目光太過銳利了，我的臉頰甚至有些發熱。

「妳不也一直在假裝和我巧遇嗎？」

「我那還不是因爲怕你會把我的祕密說出去，否則，我就只想離你遠遠的。」

說完這句話後，梁熙直到下課都沒再和我講話。他莫名的沉默，搞得我心煩意亂。

梁熙心思深沉，讓人捉摸不定，我的情緒已經不是第一次被他牽著走了，在得知他發現我亟欲向人隱藏的一面後，我更是不得不對他小心翼翼，不得不想辦法刺探他的眞實想法，但這並不容易……

返家後，我待在房裡，盯著梁熙的手機號碼發呆，因自己的猶豫不決而感到煩躁。

我還是傳LINE訊息給他吧！比較不尷尬？

可是如果他沒有回加好友，沒看到我的訊息怎麼辦？再說，就算他看到了，若已讀不回，豈不是讓我更焦慮嗎？還是打電話好了。

深呼吸，冷靜，趙織光妳做得到的……

我將講義上寫的號碼輸進手機裡，閉著眼睛按下撥號鍵——

響了兩聲，電話就通了。

我拍拍胸口定神，順口氣後才道：「我是趙織光。」

電話另一頭的靜默，讓氣氛瞬間冷了不少。

「Hello？」我手心冒汗。

「妳說吧，我在聽。」

他忽然這樣講，反而讓我不曉得該怎麼開頭……頓了頓，我小心翼翼地問：「今天選修課上，我是不是惹你生氣了？」

「生什麼氣？」梁熙語調淡薄地道。

「沒事就好，看來是我多慮了。」既然沒生氣，那他幹麼後來都不說話？說完這句話後，那頭又是一陣沉默，就在我以爲梁熙會掛斷電話時，電話裡隱約傳來他敲打電腦鍵盤的聲音。

「你在忙嗎？」

「沒有，只是在回E-mail給建設公司。」

建設公司？

「你已經在工作了？」

「在討論實習的事。」

建築系不是大五才要實習嗎？他怎麼才大三就開始在找了？而且現在正是報告、專案吃緊的時期，他這樣學業和實習兩邊忙，應付得來嗎？

雖然好奇，但我也不想跟他通話太久，於是道：「那你忙，我不打擾你。」

「我開了免持。」

「回E-mail要專心啊……」

「不影響。」

嘖嘖嘖，瞧瞧他那驕傲的態度，眞不謙虛。

我開啟免持，將手機擱置一旁，百無聊賴地看看天花板，又看看床單花色，發了會兒呆，須臾，也不知道哪根筋不對，驀地就把憋在心裡的話說了出來：「梁熙，你眞的會揭穿我嗎？如果我什麼都不做的話。」

敲打鍵盤的聲音停頓了幾秒。

「你感覺不像是個無聊的人，就是腹黑這點，令人討厭……」

喀啦，電話那頭傳來一道清脆的滑鼠按鍵聲，梁熙估計是把免持關了，說話的聲音一下變得十分清晰，「我也不知道，自己究竟打算怎麼做。」

「啊？」

「看妳的誠意。」

我自認腦袋轉得挺快的，但每回跟他溝通，都讓我很懵……

「你在耍我嗎？」

我聽見他幾近無聲的低笑。

「你笑什麼？」

「趙織光。」

聞聲，我瞪圓雙眼，心跳陡然漏跳了一拍。

我不得不承認，梁熙雖然討厭，但他的長相和聲音都是極品，直至今天我才感受到，當他以那低沉且充滿磁性的嗓音呼喚我的名字時，竟然如此悅耳。

「什、什麼事？」我忽然結巴了。

「我們以後還有很多相處機會，妳別老是一驚一乍的。」

「什麼意思？」

「過幾天妳就知道了。」話落，他掛斷了電話。

我摸不著頭緒，拿起手機，正好看見花花傳來的LINE訊息，點開介面回了幾句後，我發現主頁的好友通知新增了一個人。

他的頭像是一道在夕陽下的剪影，看起來有些驕傲，又有點孤獨，而顯示的名稱是「Xi L.」。

✦

「妳喜歡梁熙喔？」

「咳咳咳咳咳咳——」我被飲料嗆到珍珠差點從鼻孔噴出來。

怎麼每個人都這麼問啊？我看起來有發花痴的跡象嗎？

李榆安接過我手裡的珍珠奶茶，拍拍我的背，讓我順氣，「心虛喔？反應這麼大。」

我翻了個白眼。

「這裡是學校，妳不注意形象？」李榆安提醒。

我瞄了一眼路過的學生，低聲罵道：「煩死了你。」

「你們現在到底什麼情況？」李榆安無奈地續道：「你們最近的互動，引起很多人關注，妳知道嗎？」

「我知道啦。」

「那妳還這樣？」他蹙眉，「三不五時假裝和梁熙巧遇，頻頻關心他的動向，妳也做得太明顯了，到底想幹麼？」

「你吃醋嗎？」

「吃什麼醋，妳白癡喔。」

「唔……偶會助己看著辦啦，你少管。」我咬著吸管，含糊地說。

「妳現在對梁熙的態度，看起來一點都不像討厭，反而像是喜歡，難怪會產生那些亂七八糟的謠言。」李榆安扯唇，表情有些說不上來的古怪。

「我就算討厭一個人，也不會在學校裡表現出來好嗎？」認識這麼久了，他還不了解我？

「那妳現在的打算是？」

「還沒想好。」

「我們不是已經討論過了，梁熙不像是會做無聊事的人，妳到底在顧慮什麼？」

「但也不知道他到底想幹麼啊。」那種天才的腦袋，可能隨時都在變。

李榆安驀地停下腳步，認真地問：「那妳打算一直這麼耗下去？」

「我當然不想，又不是吃飽撐著……」我低嘆，「可每次我想讓事情過去的時候，他就會忽然講些令人擔心的話。」我也很煩惱啊。

「不然，我去和他說？」

「你要說什麼？」我哭笑不得，「又是以什麼身分去說的？」

「朋友啊。」李榆安道：「就坦白說妳也是有苦衷的，希望他能試著發揮同理心，幫忙隱瞞之類的。」

「不可以。」我斬釘截鐵地拒絕。

「爲什麼？」

「因爲我覺得梁熙根本不會理你，其次，我才不要讓他知道我那段陰暗的過去咧。」這是面子問題。

「這也不行，那也不行。趙織光，我眞的也搞不懂妳了！」李榆安說話的音量略大了些，神情夾帶著一絲惱怒。

我愣了一下，疑惑地問：「你是怎麼回事？幹麼比我還激動？」

李榆安沒有回答我，只是皺著眉，自顧自地往前走，似乎不打算再搭理我。是我的錯覺嗎？怎麼覺得……這傢伙最近變得有些陰陽怪氣的……

「織光學姊！」

聽見有人叫我的名字，李榆安停下腳步，轉過身來望了一眼。隨著他的視線，我回頭一看，才知道剛才呼喚我的人是盧巧縈。

「來了？」我展露笑容。

盧巧縈跑過來，點了點頭，氣喘吁吁地道：「本來要去妳班上的，沒想到剛好遇到了。」

我從包裡拿出筆記本給她，「去年的考試重點都在這裡，妳看看，有不會的都可以問我。」

盧巧縈欣喜地收下後，瞥見我身旁的李榆安，忽然露出害羞的神情。

「你們……認識？」我問道。

「之前在學校對面的飲料店，學長把最後一杯楊枝甘露讓給我了。」

這聲學長叫得可真有意思，看來李榆安的魅力也不小嘛……

我挑起眉，滿眼八卦。

李榆安果然夠了解我，立刻解釋：「我認得她，知道她是妳的學妹。」

「學長人很好，看我提很多杯飲料，還幫我一起提去社辦。」

似乎是要避免我在心裡亂編故事，李榆安淡淡地澄清：「舉手之勞而已。」

你是看人家長得漂亮吧？

盧巧縈沒發現我和李榆安之間的眼神交流，興沖沖地問：「我聽說最近學姊和梁熙哥走得滿近的，你們該不會——」

「不會。」

我撇清得之快，讓她愣了一下，「是……是嗎？」

「我和梁熙多半都是在討論課業上的事，畢竟是選修課的同學。」

「好可惜喔，我覺得你們很登對呢！」盧巧縈一臉遺憾地道。

我乾笑了幾聲，「梁熙那麼優秀，我配不上他的。」我又不是瘋了，跟那種滿肚子壞水的人交往，會吃不消。

「誰說的！」盧巧縈提高音量反駁，「學姊妳很好的！不可以對自己沒信心。」

她認真的神情，令我心頭一暖，「好，我知道，謝謝妳。」

我們仨並肩走在校園內，聊了會兒天。後來，李榆安因爲和同學約好要去打球，便與我們分開了。

經過建築系系所時，我和盧巧縈遇到了梁熙、于淵和顧清行，以及跟在他們身後的一眾粉絲。

看看這排場，還眞是……

音樂系的于淵和法律系的顧清行，都和梁熙一樣，是系上有名的人物，他們的共同點是經常神龍見首不見尾，優秀的外貌讓他們有著各自的市場，但整體而言，我認爲梁熙還是略勝一籌。

我本欲避嫌，但梁熙那傢伙，彷彿覺得我的人生還不夠精彩似的，他先是叫住巧縈，而後又喊了我的名字：「織光。」

他並未連名帶姓地叫我，嗓音也溫柔得教人容易誤會。

感覺不需要等梁熙揭穿我的祕密，我就會因爲憋不住脾氣而直接跟他翻臉。

梁熙叫住我們後，便走了過來，和巧縈寒暄。我一刻都不想多待，聲稱自己有事，得先走了。

離開的時候，梁熙那群粉絲們議論的聲音，傳入了我耳中——

「剛剛妳聽見男神叫她的名字了嗎？」

「有啊，直接叫『織光』欸，感覺他們好熟喔！」

「好羨慕喔，他們該不會眞有點什麼吧？」

「趙織光怎麼感覺怪怪的，居然沒聊幾句就走了，是在刻意避嫌嗎？」

我想我的臉色現在肯定一陣青一陣白。什麼狗屁男神？梁熙根本就是我的剋、星！

我悄悄抓緊包包的肩背帶，脊背冒汗。與其如此，我還寧願他像剛開學時那樣無視我。

晚間，整理完期末設計稿需要用到的參考資料後，我摘下厚重的眼鏡，揉了揉鼻梁和乾澀的雙眼，正準備下樓去廚房找點水果來吃時，手機收到了一則訊息。

梁熙：「有空打給我。」

「這帶著命令語氣的文字是怎麼回事？」我盯著訊息嘀咕，斟酌片刻才撥出電話。

「怎麼了？」

「妳這個週末有空嗎？」

我伸了個懶腰，不明白他爲什麼這麼問，「有啊，你要幹麼？」

「好，那我去妳家討論環境心理學的報告。」

我驚恐地從椅子上跳起來，「爲什麼？」

「這個報告是兩人一組，難不成妳想自己做？」他淡淡地問。

「教授不是把學生名單丟到電腦程式裡，讓系統隨機分組的嗎？我記得和我同組的是一個女生啊！」而且那個女生好像很少來上課，害我不只記不住她的名字，連臉都認不得。

「嗯，我知道。」

「你知道還找我做報告幹麼？」

「跟妳同組的女生停修了，教授安排我們兩個一組，妳沒收到信？」

怎麼會有人學期都過一半了才在停修的？

我打開筆電，登入學校信箱，果眞看到教授發出的通知信。

我欲哭無淚……

「趙織光？」

我抓著手機，瞳孔震動，慌亂地說：「不要來我家，我們可以約外面！」

梁熙沉默了幾秒，「妳家地址。」

「我都說了——」

「妳是不是忘了什麼？」我話還沒講完，就聽見他不疾不徐地提醒。

我沒忘記他手中有我的把柄，但引狼入室實在太冒險。

「我家管很嚴，爸媽不讓人來家裡。」

梁熙不容我拒絕，態度強勢地問：「妳打算約幾點做報告？」

「你真的要這樣嗎？」

「妳真的要拒絕我嗎？」

我根本是在和惡魔打交道。算、你、狠！

「那就週六，十點吧。」我妥協道。

週末向來都是我睡到飽的日子，如果還要早起，那簡直是要了我的命，但下午又有我喜歡看的綜藝節目，權衡之下，約個十點差不多，報告頂多討論兩小時，吃午餐前他就可以滾了吧？

「好。」

通話結束前，我忽然想起一件事，急忙開口：「那個……」

「嗯？」

「我覺得，以後在人多的地方，我們還是該避嫌。」

氣氛有些僵，就在我思考是否該換個說法，好好地說服梁熙時，他回道：「妳是在擔心流言蜚語？」

「難道你不擔心嗎？」

「太刻意避開對方，只會顯得欲蓋彌彰。」

如果我沒有會錯意，那他就是在酸我……

我氣呼呼地切斷電話。

第五章　這個男神，有點甜

人與人之間的感情真的很微妙，有時候不知不覺就喜歡上了。

在拿手的科目上爲同學們解題，對我來說還挺有成就感的，既能享受被需要的感覺，又能聽見讚美，還可以抑制我的自卑感。

但有時候我實在無法理解，這些同學爲什麼連最基礎的概念，都需要我一而再，再而三地講解，到底有沒有帶腦子來上課……

同樣的題目講解到第三遍，我的笑容已經逐漸鬆動，我深呼吸，耐心地繼續說明。終於，女同學露出恍然大悟的表情，感激地道：「謝謝妳，織光，妳眞的好厲害呀！」

「哪裡。」我鬆了一口氣，「有其他問題都可以再問我。」但是不要再問蠢問題了，請認眞讀點書吧！

應付完同學們各式各樣的問題後，我聽見教室外的走廊忽然掀起一陣騷動，伴隨著急促的腳步聲，以及腳步乍止的嘎吱聲，只見耗子氣喘吁吁地出現在門口，朝我大聲地喊：「織光，妳要不要去籃球場上湊熱鬧啊？」

我錯愕地揚眉，和一旁原本在低頭滑手機等我的童允樂和花花交換了眼神，「怎麼了？」

包打聽的花花頓了一下，立刻反應過來，「喔喔喔！該不會是高閔星和男神吧？」

耗子點點頭，雙手撐著膝蓋，一邊喘，一邊道：「最近，妳和梁熙不是傳得火熱嗎？企管系的高閔星昨天在學校的ＦＢ社團裡向梁熙宣戰了！他說要跟梁熙以籃球一決勝負，打贏了的話就要向妳告白。」

「那件事是眞的啊？」童允樂噗哧一笑，「我還以爲他是眞心話大冒險輸了，鬧著玩的欸！」

高閔星是籃球校隊的隊長，兩年前我們曾在迎新會上被開玩笑地湊成一對，後來也確實出去過幾次，但他當時在我和他前女友之間搖擺不定，讓我感覺不太舒服，最後他們復合了，我和他後來也固然沒有任何情感上的發展。

這兩年來。我偶爾會在一些特殊節日裡，收到他傳來的祝福訊息，或是在學校活動上，碰巧遇到他，我認爲我們的關係，或許連朋友都稱不上。前陣子他忽然開始頻繁地約我出去吃飯，但都被我拒絕了，而對於他奇怪的行爲，我也沒想太多。

結果昨天他突然在社團裡大放厥詞，身邊不少同學還特別告訴我這件事，但正如允樂所言，我們都以爲那是鬧著玩的。

我頓了頓，「所以，他們現在是……在打球嗎？」

耗子似乎是擔心我搞不清楚狀況，翻出手機裡的截圖給我看——

梁熙，明天下午四點，學校籃球場ＰＫ，敢不敢應戰？

若我贏了你，我就要向趙織光表白！

教室裡的同學們，滑到有人在ＦＢ直播後，都陸續出發去看熱鬧了。耗子見我仍杵在原處，扯著領口搧風，催促：「他們應該要開始了，織光，妳到底去不去呀？」

「織光，我們去看看吧！」花花一把勾住我的手臂，眼神發亮。

「對啊，走吧、走吧！機會難得，肯定很精彩！」童允樂跟著附和，興致勃勃地拉著我站起來。

我的腦袋打結，眉頭跟著不受控地緊皺。高閔星一時發瘋就算了，但沒道理梁熙也跟著胡鬧吧？他爲什麼會答應ＰＫ？

以我對他的了解，他不像是會那麼容易被挑釁的人，即便被下戰帖，頂多也就冷笑走人，應該要這樣才對啊！

越接近籃球場，人就跟著多了，場邊擠滿卡位觀戰的同學，有幾位男生認出了我，嚷嚷著要大家讓位，給我個視野好的位置。

「女主角來了！快讓位讓位！」

「趙織光本人其實還挺漂亮的耶！皮膚好白喔！」

「我也覺得她本人比照片漂亮有氣質。」

我此刻的心情十分複雜，一方面因爲被稱讚而感到開心，一方面又擔心這場籃球比賽，會給我帶來的影響。

這場籃球比賽打下去，晚上的校園論壇裡肯定會炸得一團亂，我已經可以想見「情敵對戰」聳動的四個大字，出現在熱門文章標題的模樣了。

環顧四周，我發現顧清行和于淵也在其中，他們發現我後，越過人群朝我走來。

「織光，妳賭誰贏啊？」于淵劈頭便問。

我的內心一陣無語，幹麼問我這麼尷尬的問題？要我說的話，他們根本沒必要ＰＫ好嗎！

顧清行瞥了于淵一眼，「人家跟你很熟？叫得這麼親密。」

「我們之前在學生餐廳一起吃飯，也在路上巧遇過幾次，差不多……五分熟吧？」于淵開玩笑地道，「妳說是吧？織、光。」

那次哪算什麼一起吃飯？

我忍住想吐槽的衝動，問道：「梁熙爲什麼會應戰？高閔星應該只是鬧著玩的，難道他不知道，這樣只會讓我和他之間的謠言……」

「梁熙也是在玩啊，妳不覺得很有趣嗎？」于淵笑道，揮了揮手要我別緊張，「況且，高閔星一定不知道，其實梁熙……」他話只說到一半。

「梁熙怎樣？」

于淵眨了眨眼，「妳待會兒看就知道了。」

照于淵和顧清行此番態度，我推測梁熙或許有一定的勝算，雖然沒看過他打球，但像他這樣優秀的品種，就算十項全能裡包括籃球項目，我也不意外。

見我不肯押注，于淵改問我身旁的花花和童允樂：「妳們覺得誰會贏？」

花花想也不想，「當然是男神嘍。」

童允樂跟著點頭。

不久，現場觀戰的同學們開始鼓譟，直到有人吶喊：「要開始了！」無數道目光便跟著轉向籃球場上對立的兩人。

梁熙身著黑色無袖運動球衣、運動褲，露出膚色略白卻精實的臂膀，以及令人欣羨的腿部線條，他腳上那雙白到發亮的限定版球鞋，更是引發不少議論。

高閔星雖然是籃球隊隊長，氣勢卻遠不及梁熙，果然，沒有比較就沒有傷害，現在把他和梁熙放進同個畫框裡，那差距實在太過一目了然，反而讓我懷疑自己當初的眼光是不是有問題……

一對一的籃球賽，非常看重個人體力，並且考驗選手自身的籃球綜合技術，控球、投籃和防守，只要其中一項稍有不足，很快就會被對方識破並針對。

比賽剛進行不久，顧清行就說：「我覺得高閔星和梁熙比籃球，是非常不明智的決定。」

「爲什麼？」花花的視線隨著場上兩人飛快的交手速度移動著。

「因爲太輕敵。」

果不其然，短短三分鐘之內，梁熙就投進了第一球。

他利用試探步和假動作，爲自己創造投籃空間，趁高閔星猝不及防，向另一側加速突破，順利投出一顆完美的三分球。

全場歡聲雷動。

花花和童允樂眼裡滿是崇拜，直呼厲害。在場只有我笑不出來。

若是高閔星輸球，依照賭約，他就不會向我告白，而我也省得麻煩，但梁熙呢？他贏了又能怎麼樣？

奇怪的是，我明明覺得這場比賽很荒唐，但為什麼當我看著梁熙在場上巧妙運球、過人的姿態時，心中卻泛起了一陣悸動……

「織光妳好好看著，那小子可是拿出全部的實力在比賽啊！我已經很久沒看到他這麼認真了。」于淵道。

「你不是說他只是打好玩的嗎？」

「打著打著就認真了唄。」于淵搓了搓下巴，「講真的，我也不知道梁熙這傢伙腦子裡到底都在想些什麼。」

「聽說高閔星有意想招梁熙進籃球校隊。」或許是聽到我們在討論，一旁的同學突然說道。

所以高閔星真正的目的是要找梁熙進校隊嗎？那為什麼要把我扯進來？

「現在幾分啦？」身後一位剛擠進來觀戰的同學問：「我錯過什麼了嗎？」旁邊的人回應：「你錯過得可多了。比賽超精彩的，九比二，看來高閔星是要輸了，而且是慘、敗。」

周圍喧鬧聲不斷，有的人為高閔星加油，有的人讚嘆梁熙神乎其技的球技。

我望著場中的梁熙，他正從容不迫地運球、流暢地移動，輕易便擄獲一票群眾崇拜的掌聲。

這麼一個萬眾矚目的男孩，為什麼會進入我的生活，又為什麼要和我糾纏在一起……

「織光，妳看！」童允樂抓著我的手，興奮地指著正準備進攻的梁熙。

他利用試探步和一系列的假動作誤導高閔星，找到防守漏洞後，立即將球從跨下帶過加速突防，接著輕輕一躍，單手上籃，進球得分。

「簡直太太太帥了！嗚……我的心已經徹底被男神給擄獲了！」花花一臉陶醉地雙手按著胸口，眼冒愛心。

比賽結束後，高閔星兩手撐在膝蓋上，氣喘如牛，而梁熙仍面不改色地接住一旁男同學丟出的毛巾，從容地把汗擦乾。

「毫無懸念啊。」于淵笑道。

「沒意思。」顧清行淡淡地道，「根本是來看梁熙秀一波的。」

此時梁熙忽然往我們的方向望了過來，並邁開步伐。

「梁熙！」高閔星叫住他。

他朝梁熙走近，用多數人都能聽見的音量說道：「你考慮一下吧，進籃球校隊。」

身爲校隊隊長，技不如人雖然丟臉，但爲了能讓球隊在大專盃籃球聯賽上爲校爭光，招攬像梁熙這麼優秀的人才尤其重要，縱使有私人恩怨，都得暫且擱下。

「如果梁熙進籃球校隊，那隊長的位置要換人嗎？」一旁白目的同學脫口而出，惹得眾人面面相覷，瞬間一陣尷尬。

「沒什麼好考慮的，心領了。」話落，梁熙直直向我走來，正要開口說些什麼時，便被高閔星突如其來的表白打斷——

「趙織光，我喜歡妳，我想正式追求妳！」高閔星神情微窘，挺直的腰桿卻帶著一絲倔強。

我爲難地瞇起雙眼、別過頭，輕咬下唇。我無意當著這麼多人的面讓他難堪，而且他明明輸了比賽，爲何又要向我告白？

花花噗哧一笑，低聲道：「哇……當初是他自己選擇跟前女友復合的不是嗎？現在怎麼又說喜歡妳了？你們又不是很熟。」

是呀，我也覺得很莫名其妙。

「走吧。」梁熙說。

腦中混亂的思緒，在聽見這聲話語後停擺，我將視線轉向梁熙，他的神情如往常般從容，卻莫名地在我的心底落下了一股未知的感覺。

「走、走去哪？」

「妳不走，難道要接受嗎？」

我立刻搖頭，向高閔星致歉：「對不起！」

話說完，我連看都不敢看對方一眼，便拖著兩個好友光速離開球場。

晚間，我在LINE群組裡收到花花和童允樂發的訊息——

花花不是花痴：「勸妳別上學校論壇跟ＦＢ社團。」

童樂樂：「那社群平台炸得啊……只有一個『慘』字。」

花花不是花痴：「有人說梁熙肯定喜歡妳，但別系的系花親友團都說妳配不上男神，爲什麼不乾脆跟高閔星在一起。」

童樂樂：「聽說高閔星流下了男兒淚，輸了籃球賽又輸了女人。整個企管系都沸騰了。」

花花不是花痴：「他們還辦了投票，要選出和校園男神最配的系花，妳目前落後不少，要不要我們動員系學會去幫妳灌水？這個臉我們系丟不起欸。」

童樂樂：「我們織光有臉蛋有頭腦，怎麼就配不上了？」

「那個……其實我不是很介意……」

我的回應被她們徹底無視，聊天室內只剩她們一來一往的訊息。

我長嘆一聲，才剛跳出群組聊天室，李榆安的訊息便浮了上來：「梁熙是為了妳和高閔星比賽的嗎？」

我回覆了他一張NO的貼圖。

「那他為什麼這麼做？」他接著問。

「誰知道？」

李榆安的問題喚醒了我的好奇心，我決定直接傳訊息給當事人：「你到底為什麼和高閔星比賽？」

幾分鐘後，梁熙便打了電話過來，「無聊。」

「你是說我的問題無聊，還是你很無聊？」

「妳很介意？」梁熙壞心眼地問：「妳希望我是為了妳？」

「我還沒有自我膨脹到這種地步……」

「我只是剛好有空。」

「你應該是日子過得太無聊，想找點樂趣吧？」

「妳不是想在畢業前談場戀愛嗎？爲什麼要拒絕這麼好的機會？」他不答反問。

「不是你叫我走的嗎？」

梁熙輕笑出聲，「我有嗎？」

我安靜了幾秒，回想當時他說的話——妳不走，難道要接受嗎？

嗯……他的確沒那個意思……

一陣羞恥感這才湧上心頭，「我、我是想談戀愛，但我又、又不喜歡他。」

「趙織光，妳幹麼結巴？」

我是腦子進水了才會想套他的話。他不想說的，沒人能問得出來，曾經聽于淵講過的我，怎麼會如此地不長記性……

「算了，當我沒問。」

「凡事跟妳有關的，我都覺得很有趣。」

「我並不是生來取悅你的。」

他笑了笑，對我的哀怨聽而不聞，「明天見吧，趙織光。」

通話結束，房裡回到一片寂靜的狀態，我看著桌上的日曆，片刻後才驀地回神，匆匆忙忙起身整理房間。

天啊！明天就是週六，梁熙要來了！

翌日，九點五十七分，我關上房門走下樓，鄭重提醒坐在沙發上喝茶的兩位隊友：「媽、妍光，妳們千萬不可以把我在家裡的樣子，透漏給梁熙，知道嗎？」

「不是說梁熙早就看穿妳了嗎？緊張什麼？」老媽老神在在地睨了我一眼。

看穿歸看穿，除了那本星座書和偷拍照片以外，我不能再讓他抓到我更多的把柄！好險最愛開玩笑的白目老爸剛好和他的高中同學去打高爾夫球了，否則就他那張管不住的嘴，不知道會說出多少讓我提心吊膽的話。

現在我已經做好萬全準備，迎接梁熙的拜訪。

房間在妍光和老媽的幫忙下打掃乾淨了，臉上的妝容和穿著打扮也無懈可擊，我有十足的把握，絕對沒問題的！

門鈴在十點準時地響起。

我邁出自信的步伐開門，門外的梁熙身著白襯衫搭配深牛仔褲，一手拎著筆電，一手插在口袋裡，俊秀脫俗的五官及俐落的姿態，令行經的女孩們頻頻投以欣賞的目光。

他揚起嘴角，有點好看，而那落在我身上的目光，有些灼人。

「不請我進去？」

「請、請請進！」我在心裡暗斥自己的慌張，這聲響亮的邀請，顯得過於刻意了。

「那就打擾了。」

「知道打擾還來？」我咕噥。撓了撓臉頰，擺出虛偽的笑容，領著他走進客廳。

老媽一見帥哥進門，眼神立刻發亮，直呼：「哇，眞的長得好帥啊！」

身爲家長也不克制點，哪有媽媽會對第一次見面的女兒同學發花痴的……

妍光倒是滿冷靜的，禮貌地向梁熙問好：「你好。」

她果然跟我一樣，對帥哥免疫。「媽，他是梁熙，建築系的。」

「同學你好，久仰大名了，歡迎你來。」老媽笑容親切，說出來的話卻像在挖坑給我跳。

什麼久仰大名？我也不過在她面前提起梁熙幾次而已。

互相寒暄幾句後，我催促梁熙上樓，免得老媽跟他越聊越起勁會節外生枝。

站在房門前，我不知爲何忽然有點緊張，這種奇妙的感覺還是第一次，和初次帶李榆安進房間討論功課時截然不同……

「趙織光。」

陷入思緒的我一時未察，梁熙悄悄拉近了我們之間的距離，他微微傾身，清俊的臉龐靠得好近，輕吐的氣息隨著這聲呼喚惹得我臉頰發熱。

「啊？」我不爭氣地抖了一下，失措的雙眼左右轉動，不知道該停在哪兒。

「房門被反鎖了？」梁熙一臉正經，但斂於眼底的笑意卻被我發現了，他是故意這麼問的。

「才沒有！」我扭開門把，走了進去。

明亮的房間乾淨整潔且舒適，還漫著一股茉莉芬芳的清雅淡香，早已不見原本亂扔一地的衣服，和散落在各處的雜物。

「隨便坐吧。」

梁熙拉開座椅坐下，優雅地翹起他那一雙大長腿，擱下手中的筆電後，指尖輕點桌面，望了過來。

我坐在床緣，把筆電搬至腿上打開螢幕，開啟文件視窗，準備好了之後，我們便開始討論。

其實，撇除個人偏見以及我和他之間的過節，梁熙是個非常好的組員，他的邏輯思維條理分明，對事情也有獨到的見解，在闡述論調中又能保持客觀，和他切磋課內議題非常過癮且收穫滿滿。

說實話，能和他一組，這學期的環境心理學應該躺著就能拿高分，根本是我賺到了……

「妳在想什麼？」梁熙問。

「沒什麼。」我搖搖頭，打起精神，迅速記下剛才我們得出的幾項重點。

他手撐著下頷，微笑道：「如果資訊量太大，就休息一下吧。」

「好，那我去拿水果。」我覺得自己有必要去醒個腦。

不知怎地，我好像越來越容易被梁熙的一舉一動影響，變得難以冷靜自持。

我懊惱地下樓，走進廚房。正在裝水的妍光一見到我，立刻湊過來關心：「姊，妳和梁熙還好吧？」

「我、我們沒什麼事啊……」爲了掩飾自己的心虛，我打開冰箱，取出一盒老媽削好的蘋果。

妍光瞇起眼睛，興味盎然地問：「那妳幹麼結巴？」

「我哪有。」我躲避她的視線，從抽屜裡取出兩把水果叉，轉移話題：「老媽呢？」

「剛剛摺好衣服就上樓了，妳沒碰到她嗎？」

「沒有，應該是回房間了吧。」我心不在焉地回應。

妍光點點頭，喝了口水後忽然沒頭沒尾地道：「梁熙本人真的很帥耶！我覺得你們好配。」

「我以爲妳對帥哥免疫。」我扯唇輕笑。

「我只是實話實說嘛。」

「小ㄚ頭片子。」我伸出食指推了一下她的額頭。

「怎麼樣？」妍光朝我眨了眨眼，「眞的不考慮一下嗎？他感覺對妳有意思喔……」

呵呵，他那哪是對我有意思？根本是在耍我。

「妳少說這麼嚇人的話。」考慮什麼？我又不是活膩了。

「爲什麼呀？」

「妳太年輕了，不懂啦。」撇開他是眾人心目中的男神不說，就他那樣捉摸不定又腹黑的性格，誰扛得住？

見我一副沒得商量的模樣，妍光嘆了口氣，「唉……可惜，漫長的姐夫空窗期啊……」

「我這叫寧缺勿濫好嗎？」

「梁熙男神哪裡『爛』了？」

聽出她的一語雙關，我給她一個哭笑不得的眼神，端著水果離開。

上樓時，剛好在樓梯碰到老媽，她叫住了我：「織光，我幫妳把洗乾淨的衣服摺好放房間了，妳自己收進櫃子裡啊！」

洗乾淨的衣服……那、那那那裡面有睡衣跟內衣吧！

我感覺自己臉色一白，內心尖叫連連，「糟糕，不行不行不行不行！不要啊啊啊——」我三步併作兩步，朝房間狂奔。

一打開房門，只見梁熙瞅著驚慌失措、衝進來的我，唇邊噙笑，挑了挑眉。

他什麼都不必說，光是一個眼神就足以殺死我了。

我將水果盒扔在書桌上，衝到床鋪旁，將衣物抱進懷裡，儘管已於事無補。

老媽還知道有男生在，內衣要包在摺好的睡衣裡才不會被看見，但我睡衣上的圖案的羞恥度並沒有比較低啊！

眞是日防夜防，家中豬隊友難防，嗚嗚。

我神色崩潰地與梁熙對望，他什麼都沒說，眼神卻道盡了一切。

「我……那個……」

「《小魔女DoReMi》。」梁熙微笑，「沒想到妳童心未泯。」

這一疊睡衣裡面，還有海綿寶寶跟櫻桃小丸子，都是卡通款，我已經不想去探究他究竟看到了多少、心裡又是怎麼想的……乾脆讓我死了算了。

梁熙似乎還有點良心，默默地移開目光，好讓我能把懷裡這疊令人尷尬的睡衣塞進衣櫥。

我臉頰發燙地低著頭，縮在房間角落，一時半刻不曉得該說些什麼，好在他難得主動開啟話題：「妳不是去拿水果嗎？」

「嗯嗯嗯！」我點頭如搗蒜，上前打開水果盒，順便遞了一把叉子給他。揚起虛偽的笑容，說：「吃點蘋果吧，很甜喲。」

梁熙看著我，手裡轉動著叉子，似乎在思考些什麼，須臾才開口道：「妳今天很早就起床打扮了？」

「啊？」我瞪大了雙眼。

沒等我反應過來，他接著道：「辛苦妳了。」

我嚥了口口水，緊張地捏著指尖，「我、我總不能……素顏見你吧？像你之前拍到我的那樣，不是很醜嗎……」

「織光。」

梁熙沒有馬上回覆我，而我也不敢直視他。

他為什麼一直不說話？此刻安靜到我連自己的心跳聲都能聽見。

我抬眼與他視線相接，這一刻，世界彷彿靜止了。

梁熙那雙好看的眉眼，微微地彎著，褐色瞳孔裡有著我的倒影，而那揚起的嘴角，帶著些許興味和一點點的……溫柔？

「總有一個人，會喜歡妳原本的樣子。」

這句簡單卻溫暖的話語，令我的心防頓然一鬆，不自覺地眼眶發熱。

我別過頭，反覆做了幾遍深呼吸，壓下胸臆脹滿的情緒，「你幹麼忽然講話這麼煽情？」

梁熙手撐著額，淡淡地挑了下眉。我發現，這是他的習慣動作，當他不想回應的時候，就會這麼做。

我抽走他的叉子，幫他叉了一塊蘋果，「吃吧，多吃點。每天吃蘋果，醫生遠離我。」這句標語一點也不好笑，反而讓我們之間更尷尬了。

靜默片刻，梁熙緩緩開口：「我以為……妳對高閔星有意思。」

我愣怔，扭頭看向他，「蛤？」

他慢條斯理地解釋：「我們打球時，妳看起來很緊張，我還以為，妳是怕他會輸。」

「你不專心打球，幹麼偷偷觀察我啊……」像比賽這種每分每秒都會影響勝負的情況，他居然還把心思放在場邊的人身上？

「高閔星後來有找妳嗎？」

我搖了搖頭。提到高閔星，我突然感到有點愧疚，本想著他輸了就不會向我告白，結果還是……

「比賽輸給了你，又當眾被我拒絕，他恐怕短期內遇到我都會繞路走了吧？」

「那學校論壇妳看了嗎？」

「沒有，但我聽朋友說，有人在上面舉辦投票，看哪個系的系花和你比較般配，怎麼樣？結果出來了嗎？」

「不知道。」梁熙搖頭，一副事不關己的模樣，「結果一點都不重要。」

「為什麼？」我吞下嘴裡的蘋果，直勾勾地看著他，「梁熙，你和高閔星比賽，真的只是因為剛好有空、無聊嗎？」

梁熙望著我沉默了片刻才低下眼簾，緩緩開口：「如果我說，我也不知道，妳信嗎？」

我皺了下眉，正想接著追問，他卻朝一旁的筆電揚了揚下巴，「休息夠了，我們就繼續吧。」

傍晚，我收到童允樂的語音訊息：「織光！妳看學校論壇沒？」

這則語音訊息還伴隨著一陣興奮的尖叫聲，差點沒把我耳膜給震破了。

我困惑地放下手機，正打算用電腦網頁登進校園論壇時，LINE跳出了一則訊息通知，是童允樂傳來的截圖。

截圖裡，在那篇投票文討論區最底下，有一則梁熙的留言——趙織光就很好。

我抬手摀住嘴、瞪大雙眼。梁、梁梁熙這傢伙簡直比我還瘋！

✦

和李榆安並肩前往學校的途中，我偷偷觀察他若有所思的表情，猶豫著該不該主動說些什麼，斟酌了半晌，正欲開口，李榆安已先打破沉默，「上週六梁熙去妳家了？」

「你怎麼知道？」

「妍光說的。」

「她怎麼連這種事都跟你說……」

「我不能知道嗎？」李榆安看了我一眼。

我皺了皺鼻子，搖頭，「這又不是什麼大事，梁熙只是來我家討論報告。」

「上週六早上我打電話給妳，但妳沒接，所以我傳訊息問妍光下午要不要跟我和我大阿姨一家一起去看畫展，順便讓她問妳。」

「嗯，我知道，她問我了，但我們的報告討論到下午，所以沒辦法去。」

那天梁熙待到下午兩點多才走，老媽留他一起吃午餐，他沒考慮就答應了，整頓飯下來，更是讓我大開眼界，平日態度高冷、總是擺出一副生人勿近姿態的人，忽然像學習了新技能一樣，嘴巴甜到出蜜，把我媽哄得心花怒放，活像回到十八歲情竇初開的少女一樣。

「妳沒回電話，所以我問她妳在忙什麼，她說梁熙在妳家，所以妳……有點忙。」

李榆安邊斟酌著用詞，邊說道。

「的確是忙著應付他。」我坦然地點頭。

「那他親眼看過妳居家時的模樣了？」

我搖了搖頭，「當然沒有，我那天可是開啟全副武裝模式。」

「房間也整理好了？」

「嗯哼。」我不解地問：「鯉魚，你是在擔心什麼？」

李榆安忽地停下腳步，看向我的眼神很複雜，語氣認眞地說：「織光，妳爲什麼讓梁熙到妳家裡去？」

「因爲拒絕了也沒用啊，梁熙那麼強勢的一個人……」

「只有這個原因嗎？」

「不然還能因爲什麼？」

「那妳現在還討厭他嗎？」李榆安垂下眼簾，聲音很輕。

「我當……」原本肯定的答案，在啟齒的霎那，突然浮現出一股不確定性，使我心虛地噤口。

敏銳的李榆安似乎發現了，他瞅著我的眼神，好像正壓抑著一些未知的情緒，「妳會喜歡上梁熙嗎？」

我的腦袋因爲這句疑問，當機了幾秒。我下意識地否認：「你想到哪裡去了，我跟梁熙怎麼可能？」

「妳沒有回答我的問題。」

「我……」我又沒喜歡過人，怎麼會知道……

見我遲遲答不出來，李榆安鬆開眉頭，笑了一聲，「逗妳玩的，這麼認眞幹麼？」

我伸出拳頭輕捶他，「鯉魚你欠揍喔！」

他擋住我的拳頭，提醒我：「趙織光，這可是在學校，注意形象。」

「誰叫你要鬧我？」我氣得鼻孔噴氣。

「我不是鬧妳。」李榆安收起輕鬆的神情，「梁熙主動接近妳，甚至還在學校論壇上公然留下曖昧的回覆，換成是我，面對這樣的一個男神，也很難不心動，但我只是……擔心妳受傷。」

「哎，你眞的想多了。你還不了解我嗎？我可是理智派。」我明白他的好意，笑了笑，不甚在意地反駁。少女幻想到了我這兒，還不如一本熱血漫畫呢。

「是是是，而且有時候甚至過度理智了。」李榆安趁著四下無人，抬手揉了揉我的髮頂。

我噘嘴，順了順被他弄亂的頭髮。

梁熙唯一能傷到我的，恐怕只有把我那張恐怖的照片公諸於世，揭開我不爲人知、表裡不一的一面吧。

都說女人心海底針，但我怎麼覺得，有時候男人比女人更彆扭、想得更多，梁熙是其中之一，而此刻，就連李榆安都變得怪怪的。

當初是誰叫我要和梁熙好好相處，說他人還不錯的？現在知道改口叫我要有危機意識了？

我們在校園的中央廣場遇見童允樂，她一見到我便匆匆忙忙地小跑步過來，笑得很賊，「這不是我們最近系上的萬人迷，織光同學嗎？」

「哪有，別亂說。」我笑著反駁。

她擠到我和李榆安中間，拍了拍胸脯，「護花使者送到這裡即可，接下來由我接手吧。」

「我跟小組同學約了一起做報告，先走了。」李榆安道。

「好。」我溫柔地應聲，態度與方才兩人私下交談時截然不同。

「不知道的人，還以為你們在曖昧咧。」等剩下我們倆，童允樂靈活的眉毛朝我挑了兩下。

「妳知道的——」

「我和李榆安只是朋友。」她一臉無趣地逕自幫我接話，然後嘆了口氣，「就妳這說詞，我都會背了。」

「那妳還老是拿我們開玩笑？」

童允樂擺了擺手，從側背袋裡掏出兩封信，「沒想到這年頭，竟然還有男生寫情書，也是不容易。」

「嗯？」寫情書告白？確實很老派。

「這一封是情書，另一封裡面裝著一張電影票。」童允樂將信封遞給我，道：「一個要跟妳告白，一個想約妳去看電影。」

我伸手接下這兩封信。

童允樂滿臉嫌棄地說：「他們還透過社團學姊拿給我，要我轉交，妳說孬不孬？堂堂兩個大男生，要告白、要約看電影都不敢當面找妳。我話先說在前面喔，這兩個傢伙我都不接受，妳就拒絕了吧。」

友誼法則一，談戀愛的對象要通過好友們的審核才行。

「那就……拿去燒了？」我難得開玩笑地道。

「交給花花，她最會處理這種事了。」童允樂把我手中的信封抽回去。

「下次讓妳不滿意的，可以不用拿給我。」我願意全權交由她處理。

「不行，還是必須知會一下當事人的嘛！免得他們事後鼓起勇氣找妳，妳卻搞不清楚狀況。」

我笑著替她整理黏在臉上的頭髮。

「不過，妳不覺得妳最近的桃花運很旺嗎？」童允樂勾著我的手臂問：「不是想脫單嗎？這麼多跟妳告白的人裡，有沒有喜歡的啊？」

從林學長、高閔星到今天這兩個根本不知道長啥樣的……我認眞思索了一下後搖頭，「沒有。」

「那妳覺得梁熙眞的不可能對妳有意思嗎？」

「他是校園男神，我配不上的。」

童允樂捧起我的臉，皺著眉頭道：「親愛的，我發現妳什麼都好，就是有時候會特別沒自信。」

我笑而不語，那是因爲，即便擁有美麗的外表、優秀的條件，我骨子裡仍是從前那個被排擠、被唾罵的醜小鴨啊。

「算啦，感情這種事，還是得講求緣分的，我們不急著濫竽充數，反正今天要去聯誼了，有的是選擇。」

我笑著嘆了口氣，「濫竽充數」這個成語不是這樣用的……

不著痕跡地打量了一下她今日的妝容及穿搭，我眞心稱讚道：「妳今天很美喔，看來有爲下午的聯誼做足準備。」

「當然啦，花花肯定會精心打扮的，妳又這麼優秀，我總得秀出點實力，免得只能當壁花。」

✦

此次的聯誼活動，總時長要五小時半，活動名很中二，叫「浪漫鐵馬終結單身之旅」，也不知道是系學會裡哪位腦洞大開的人想的。

不過這年頭，反其道而行往往會有出人意料的結果，當初活動人數上限設定爲四十人，但因爲學生們踴躍報名，所以又多收了十幾名，聽說最終總共有五十六個人參加。

今天中午，我們便在活動群組裡，收到了由電腦隨機配對的分組名單。我和童允樂、花花較晚才抵達集合地點，這時後，其他人大多都找到自己的夥伴了，所以當我們一到，她們就被各自的夥伴叫走，剩下我一人。

「我們再五分鐘就準備出發，還沒找到協力車夥伴的同學要盡快喔！等等我們會從這個城門遺址沿著河岸騎，中途會經過……」

負責活動解說的同學拿著大聲公說明行程，但我的注意力卻被一道由遠而近的身影所吸引。

梁熙穿過人群朝我走來，原先淡漠的神情，在與我視線相交時露出了一絲笑意。

「你怎麼會在這裡！」

「受系學會會長所託，逼不得已。」

還有他妥協的時候？眞是奇了怪了……

不過，我好像忽然知道，這場活動人數會爆增的眞相了，主辦單位該不會是拿梁熙做宣傳了吧？否則就往年的經驗，騎協力車、逛古蹟這種無聊行程的參與人數，通常都不多。

「那和你一組的夥伴呢？」

「在那裡。」

我順著梁熙下巴抬往的方向望去，一對男女正牽著手在交頭接耳。

「他們……」

「我們的夥伴昨天正式交往了，女生說她想跟自己的男朋友一起騎協力車，我能拒絕嗎？」

我傻眼。「他們本來就認識嗎？」

梁熙搖頭，「不清楚。」

「所以……我們要一起騎車？」

「恐怕是的。」

這究竟是什麼孽緣？

「要、要不要跟主辦單位說，讓我們跟別人換一下夥伴？」我笑容僵硬、面有難色地提議。

「爲什麼？」

「我們都這麼熟了，有必要一起活動嗎？這不就失去參加聯誼的意義了嗎？」

梁熙微微地瞇起眼，「我們很熟？」

「半生……不熟？」

負責分配鎖頭鑰匙的工作人員朝我們走來，「來，這給你們。」

「那個……」

我想向工作人員解釋情況，梁熙卻阻止了我，並當著我的面收下鑰匙，「謝謝。」

「梁熙，你確定嗎？」

「確定什麼？」他走在我的前方，尋找協力車，回頭問我：「妳不會騎？」

「不是。」我好苦惱。他可能不是來認識新對象的，所以和我一組也無所謂，但我是來找新對象的啊……

梁熙把車牽到我身側，說道：「我們走吧。」

放眼望去，大家都成雙成對地準備出發了，我只能嘆口氣，認命地跨上後座。

在河岸邊騎車，午後的微風迎面輕拂，舒適的溫度、遠離塵囂的清新空氣和美景，讓我緊繃的情緒舒緩了不少。

我看著眼前那燙得筆挺、洗得發亮的白襯衫下，挺拔的背影，心底漫起一股異樣的感覺。

中途停下賞景時，雖然他一樣毒舌，但行爲卻頗爲體貼。

碼頭邊，橘色的夕陽照射在波光粼粼的海面，雲朵呈現各種不同的形狀，令賞景的我們，心思都跟著活潑了起來。

「幫我拍張照吧。」我點開美顏相機ＡＰＰ，把手機遞給他，並叮囑：「要把我拍得清新脫俗一點喲！」

梁熙挑眉，似笑非笑地開口：「這四個字跟妳有什麼關係嗎？」

我皮笑肉不笑地瞪他一眼，「你知道神創造人的『嘴』，不是用來口出穢言的嗎？」

「看來妳的國文造詣不佳，我剛才有『口出穢言』嗎？」

再這麼吵下去，我會老得快，太虧了，我決定不再跟他計較，展露燦爛笑容，「拍照吧。」

梁熙拿起手機，將鏡頭對準我，沒倒數三秒就拍了。

我對他的拍照技術存疑，收回手機後發現他是用內建相機拍的，馬上擔心地點開相簿，原本已經準備叫他重拍，結果點開照片一看，竟意外地滿意。

轉向側面的表情自然，幾綹秀髮隨風飄揚，風景、角度和人物比例抓得恰好，這……真的是他眼裡的我嗎？

「你懂拍欸——」我抬起頭，驀地感受到他的靠近。

梁熙修長的指節挑起我被風吹亂、掉落在頰上的青絲，舉止自然親密地幫我把頭髮勾回耳後。「我是建築系的。」

「那又怎樣？」突然顯擺什麼？

「常常需要拍建築物，獲取靈感。」

「你說我是建築物？」

「構圖技巧上，應該差不多。」

把我的感動還來……

我扯脣，眨了眨眼，「要不要也幫你拍一張？」報復的時候到了，看我怎麼把你拍得跟五五身一樣。

梁熙笑著睨了我一眼，像是識破了我的盤算，沉默幾秒後，拿出自己的手機，滑開照相功能，將身子挨近我，沒等我調整好姿勢，就按了拍攝鍵。

我傻眼地盯著那張照片，他看著鏡頭在笑，而我看著他。

照片裡的我並沒有露出錯愕的神情，因爲剛才那一連串的動作，快到令我根本來不及反應。

「你幹麼？」我慌張地跳開，朝臉頰搧了搧。

梁熙笑得好惹人厭，徑直往回走去，跨上停靠在一旁的協力車前座，催促：「走吧。」

第六章　愛情像珍珠奶茶三分糖

或許，我們都曾經毫無理由地討厭過一個人，卻也曾那樣出乎意料地，把誰放進了心裡。

結束了兩小時的協力車行程，所有人移動到附近的熱炒店。我們的人數多到可以包下整間店。在工作人員的安排之下，每一桌的人數都是偶數，這樣比較方便後續的團康流程。

用餐用得差不多後，主持人宣布開始進行大風吹的遊戲，玩了幾輪，每桌的人都和最初的不同了。

我和梁熙也不例外，遊戲快結束時，我們的座位已經離得很遠了。

這次雖是室設系和建築系的聯誼活動，但除了新生裡小有名氣的美女莊欣雅和我以外，商科及文科的系花也透過關係報了名。現場美女如雲，讓參與活動的男生們大多都躍躍欲試，期待著配對環節。

孰料，後續幾場遊戲，都是讓女生們自由選擇對象，由於梁熙大受歡迎，導致分組狀況嚴重失衡，主辦單位因此被男生們責怪，說以後有男神在的活動，他們都不參加了，根本沒搞頭。

我覺得男生們的抱怨，挺合理的。

不曉得是因爲梁熙太優秀了，還是其他男生都不夠好，原本有幾名其他桌的男生，我覺得還不錯，但換到同桌，簡單地聊了幾句後，他們空泛的言論和無趣的靈魂，很快就令我興致缺缺。

或許，我應該多參加幾場聯誼活動，沒有梁熙在的話，我評斷男生的標準，才會比較客觀一些。

隨著聯誼活動接近尾聲，免不了最終配對，工作人員發給每人一張小卡和原子筆，讓大家在上面寫下欣賞的對象，至多三名，只有當雙方的名單裡都有彼此時，才算配對成功。

工作人員收回所有人寫下欣賞對象的名字的小卡後，會需要一些時間確認內容，因此我們並不會馬上知道結果。主辦單位表示，會在接下來的三個工作天內，陸續以簡訊的方式，通知成功配對的同學。簡訊裡會有配對對象的手機號碼和LINE ID，剩下的，就讓大家自由發展了。

晚間九點，主辦單位宣布聯誼活動結束後，有些同學嚷嚷著要續攤，已經互有好感的男生、女生也都結伴離去。

玩得不亦樂乎的花花和童允樂要和系學會的幹部們去夜唱，那種場合，肯定免不了喝酒狂歡。我不喜歡喝醉後狼狽不受控的狀態，會有失形象，便拒絕了。

散場後，店內只剩寥寥無幾的學生和正在整理環境的熱炒店店員。

和同系的學弟妹們聊完天後，我背著包包起身，餘光發現了一道獨自坐在另一桌的身影。

我原本以爲是自己看錯，湊近一看，才發現眞的是他……

梁熙安安靜靜地坐著，若有所思地轉著手裡的空酒瓶，他看上去雖沒有喝醉的樣子，臉也不紅，但我一靠近，便聞到濃濃酒氣，我敢肯定他一定喝了不少。

「你還好嗎？」

梁熙緩緩抬頭，店內的黃光將他的褐色瞳孔染得一片迷濛，此刻的他，看起來只是一個長得特別好看、無害的大男孩。

「請問你們要走了嗎？」收拾到這一桌的店員問。

「嗯嗯嗯，對。」我低頭問梁熙：「需要扶你嗎？」

「不用。」他放下手中的酒瓶，起身往門口走去。

我跟在他身邊走了一小段路，中途見他身體有些搖晃，忍不住想扶他，但每當我伸手，他便會很快地調整好自己的狀態。

躊躇片刻，我快步繞至他眼前，「要不要幫你叫車回家？」

「不用，我想走走。」

「那你注意安全欸！」我不放心地叮嚀。

梁熙邁開步伐，越過了我。

我要去的公車站在另一邊，和他移動的方向相反，但看著這抹背影，不知爲何我就是無法放任不管。

眼見我們之間逐漸拉開了距離，我低聲罵了自己一句：「趙織光，妳是不是傻？」然後追了上去。

「梁熙，你還是趕快回家吧，你醉了。」我好言相勸。

「我沒事。」

我拉住他的襯衫袖子聞了聞，「酒味這麼重還說自己沒醉？」

「我很清醒。」

我堵住他的去路，比了個手勢在他面前晃了晃，「這是幾？」

「二。」

「不對，這是YA。」我強勢地道：「反正我不管，你就是醉了，我幫你叫計程車。」

我拿起手機準備叫車，他卻一手遮住了我的手機螢幕，「趙織光，如果我真的醉了，妳可以趁現在叫我刪了之前拍妳的那張照片。」

「我才不覺得你會這麼輕易放過我。」我瞪著他，現在四周沒有其他人，我也懶得忍了。

「妳生氣了？」

「你不就是想抓著我的把柄欺負我，或以備不時之需嗎？」我不高興地撇唇。

「我沒有……」梁熙抬手捏了捏他高挺的鼻樑，問道：「喝咖啡嗎？」

「這麼晚了喝什麼咖啡，不要不要，我會睡不著。」

「那妳可以喝點別的。」

這不是喝什麼的問題，是我不想跟他待在一起了。

話雖如此，但當他走進附近的便利商店，點了一杯熱美式和熱可可，在用餐區落座時，我仍然乖乖地跟著坐下了。

「我不想喝熱的。」我任性地說。

「妳現在不能喝冰的。」梁熙把我推開的熱飲，又推了回來。

「爲什麼？」

「妳不是月經來了嗎？」

我驚呼，「你怎麼知道！」

「猜的。下午騎協力車的時候，我發現妳每次下車時，都會往身後看。」

觀察得這麼仔細，也讓人太有壓力了吧……

梁熙打開我那杯熱可可的杯蓋，「不想喝太熱的話，可以放涼一點再喝。」話落，他拿起自己的美式。

「你晚上喝咖啡不會睡不著喔？」

「不會。」

氣氛寧靜了片刻，我看著玻璃窗上我倆的倒影，覺得今晚的他有些不同，於是轉頭看向他，打破沉默：「你幹麼喝那麼多酒？被人灌的？我看你平時沒少拒絕人啊，怎麼今天就不知道要保護自己了？」

「我沒喝多。」他垂下眼簾，淡淡地道：「我不想做的事，沒人能逼我。」

所以是自願喝多的？那就沒什麼好說的了。

「唉，隨便。」我懶得探究緣由。「那麼多女生對你感興趣，你幹麼不挑一個陪你。」

「我累了。」

「累了為什麼不回家？」

「我沒說不想回家。」

我放棄跟他對話。

須臾，他問：「趙織光，妳現在應該很自在吧？」

「什麼意思？」我一時沒聽懂。

「不必掩飾直來直往的個性，想說什麼就說什麼，想罵人就罵人，也不用勉強自己做不喜歡的事。」他望著我，微微地笑了，「其實跟我待在一起，妳也不用畫這麼精緻的妝。」

「我臉上的是心機妝，是走自然路線，不算精緻好嗎？」我糾正。

「好。」他點點頭，「妳妝花了。」

我瞪大眼，緊張地拿出隨身鏡檢查，果然眼線糊了，暈到下眼皮。

梁熙見我只是簡單地用衛生紙擦拭，問：「妳不補妝？」

「都要回家了還補什麼？」我嘀咕：「而且這裡只有你而已，又沒有別人……」這支新買的眼線筆不行啊，雖然畫起來很自然，但撐不久。

「既然如此，那天我去妳家，妳何必化妝？」

「妝花了跟素顏又不一樣。」我一邊漫不經心地低聲回應，一邊滑手機，回覆幾條訊息，接著忽然想到了一件事，「對了，你那則留言是怎麼回事？」

「什麼留言？」

「就是那句……『趙織光就很好』是什麼意思？」

「字面上的意思。」

我翻了個白眼，問也是白問，聰明的我已經從經驗中學習，不會再纏著他問問題。

「你沒事了的話，我要走了。」跟他聊天眞沒意思，總是說三分藏七分的。我背起包包，準備起身。

梁熙忽地開口：「趙織光，妳曾經說過，像我這樣不可一世，總是受眾人矚目的人，根本不會了解妳的心情……」

我頓了頓，「對呀，怎麼了？」

「我懂。」

見他如此認眞，我反倒有些不自在了，「懂什麼？」

梁熙的食指指腹在咖啡杯蓋緣摩娑，神情若有所思。他沒有回答，只道：「我沒有妳以爲得那麼完美。」

「呵呵，我看你是對自己要求太高了。」說什麼謊話，就他這樣的條件，還有什麼好不滿意的？

梁熙輕勾唇角，拿出手機，點開相簿裡那張我的素顏照片。

「幹麼？又想威脅我？」

然而他接下來的舉動，卻出人意料——

他把那張照片徹底刪除了。

「你……」我有些訝異，怔怔地看向他。

「有些人矯揉造作，是爲了受人吹捧、愛慕虛榮，但我相信妳不是。」

「那你之前幹麼威脅我？」我不懂。

「我只是想了解妳。」他低頭笑嘆。

「好奇心？覺得有趣？喔，我知道了！」我忽然有股被整的感覺，氣得牙癢癢，「你肯定是太閒了，吃飽撐著，對吧？」

梁熙喝了幾口咖啡，勾起唇角睨著我，任由我胡亂猜想。

「爲什麼是我？」我撓了撓鼻尖，無奈地問。他可是校園男神，對他而言，想接近任何一個女生都是易如反掌的事，爲何偏偏要招惹我？

「趙織光，其實我早就認識妳了，只是妳不知道而已。」

「呿，怎麼可能……」我記性不差，平生沒見過這號人物。

「上高中後的某一次暑假，我和父母從美國回來拜訪親戚，路過附近的公園時，看見妳在保護被頑皮小孩們欺負的流浪貓。」

「你親戚住在我家附近？」是我家附近的那個公園嗎？

「是的。」

難怪他會拍到我在便利商店的那副邋遢模樣……

「後來我準備轉學回國，提前回來辦手續，當時我媽要我幫忙送東西給親戚，我便又恰巧在鄰近的巷弄看到妳，那時，妳不顧形象地趴在柏油路上，拯救被困在車底的小狗。那兩次妳的打扮，都和我在便利商店時拍下的一樣，所以我才沒想到，後來再見面，妳會以妝容完整、笑意虛僞、說著客套話的模樣和我打招呼。」

他淡淡地說著，一雙棕色的眼瞳，映著我的不知所措。

「所以你早就認出我了，選修課的時候，才會直接坐在我旁邊。」

「沒錯。」梁熙笑了，望著我眼底的震驚，續道：「環境心理學是我本來就有興趣的科目，但商業英文這堂課，是因爲我不小心看見了妳的課表，所以才刻意選的。」

我蹙眉，焦慮地低頭摳著手皮，忽然覺得自己在梁熙面前十分赤裸，彷彿什麼都逃不過他的雙眼。「你怎麼能確定我不是愛慕虛榮……」

「因爲妳善良，而且，我對自己看人的眼光還是挺有信心的。」

「你是不是太自我感覺良好了一點？」

「在模型教室時妳說的話，讓我更加確定，妳會如此武裝自己，都是有原因的。」

梁熙緊緊盯著我的目光，令我胸口一窒，隨之而來的慌亂，更是讓我在心中築起的高牆，逐漸崩塌。

「趙織光，我並不想威脅妳，我只是想知道，妳究竟經歷過什麼？」

我迴避他的眼神，聲音顫抖地問：「只要……滿足你的好奇心就可以了嗎？你就會放過我了嗎？」

「我……」

這是我第一次見他說不出話來的樣子，但我卻沒有勝利的快感。「我失去了自己，這樣還不夠嗎？」

他欲言又止。

「自從國中被同學們集體排擠這件事，成為我的心魔之後，我就越來越害怕在別人面前做自己。」

「為什麼？」

「因為那時我就認清了，一個人想排擠、糟蹋、欺負你，是可以沒有理由的。」我說著說著，眼眶溼熱，「我不想再過那樣的日子，不想只能孤單地和自己對話，只能在陰暗的角落舔拭傷口，也不想明明傷痕累累，卻還要說服自己努力地撐下去。我渴望得到認同、想要被愛，想像你一樣天生就擁有一顆聰明的腦袋和漂亮的外表，想和妍光一樣生來就受人喜愛……」我苦澀地輕揚嘴角，「可即使我再努力，也無法和妍光一樣，因為她只需要做自己就好，我卻要費盡心機，才能被人喜歡，而且一旦被發現眞相，還會被指責唾罵，說我愛慕虛榮、矯情造作。」

梁熙伸手溫柔地替我拭淚，我才驚覺自己竟然在他面前哭了。

眞是莫名其妙，明明應該是他酒後吐眞言才對，怎麼反倒是我說了這麼多。

「你或許覺得，這些根本不算什麼……」我悶悶地鼓起臉頰，瞪了他一眼，「但你倒是說點話啊。」

「再多安慰的話，也改變不了妳曾經歷過的，不是嗎？」梁熙摸了摸我的頭，「重要的是現在。」

「自從被你抓到把柄，我每天都過得提心吊膽，擔心平靜的校園生活會被你毀了。」思及此我就生氣，「你優秀又受歡迎，從小到大肯定不乏讚美，難道就不能分一點給我嗎……」

梁熙聳肩，笑著問：「怎麼分？」

「就……環境心理學或商業英文，讓我考贏你一次嘛……」我無恥地要求。

梁熙被我逗得笑出聲。

就在我感到羞恥，打算要他當我沒說過時，他的手忽然一把罩上我的髮頂，看著我，難得溫柔地說：「商英可能有難度，但環境心理學的小組報告，我會讓妳拿高分的。」

我臉頰發燙，怔怔地看著他的雙眼，「那、那期末考呢？」

「那不行，得各憑本事，妳也不想勝之不武吧。」他把可可往我面前推，「喝吧，已經涼了。」

我心不在焉地喝了幾口。

「頂多，幫妳整理考試重點。」

整理重點我很在行好嗎？才不需要咧！

我翻了一個白眼，果斷拒絕：「不、必。」

待梁熙更清醒了之後，我們收拾桌上的飲用杯準備離開，但許是因爲忽然起身的關係，梁熙晃了一下，險些站不穩。

我眼明手快地扶住他，「你沒事吧？」

「沒事。」他笑了笑。

我捕捉到他眼裡狡黠的光芒，垮下臉，「你是不是要我？」
梁熙裝模作樣，故作認眞地說：「怎麼可能。」
我沒好氣地仰頭，他雙手插進口袋，笑著彎身與我對視。
「你什麼意思啊？嫌我矮？」他靠得這麼近，害我怪不好意思的，臉上的妝已經不完美了，遮瑕早已蓋不住黑眼圈。「我身高有一六三，不算矮了。是你長得太高了……」我目測了一下，「你多高啊？一百八？」
「一八三點六。」
眞是愛計較，連三點六公分都要算進去。
梁熙叫了一輛計程車，打算先送我回家。後座的我們各據一方，他用手肘倚著門把，手撐著下頷，閉目養神。
我趁著車內光線昏暗，偷覷著他，怎麼忽然覺得……有點動心。

✦

這座城市入冬後，經常下雨。
寒風刺骨、整日陰雨綿綿已是常態，但眞正讓人鬱悶的不是氣候，而是一點都不準的天氣預報。
說好的降雨機率只有百分之十呢？怎麼太陽就只出現了一個上午？
上完午後的兩節課，一出教室，便感覺空氣中瀰漫著一股潮溼混著泥土的氣味，厚重的雲層裡閃著雷光，恐怕再過不久，雨勢便會更大。

系所一樓，趕課的同學紛紛抱頭衝了出去，不趕時間的又折回空教室聊天打發時間，而未雨綢繆的，則是從容地自書包拿出雨傘，走進一片灰濛濛的雨幕中。

「織光，妳有帶傘吧？」童允樂抱著要歸還給圖書館的書，挨著我問。

「有。」爲了保持我的完美形象，我總是有備無患，寧願包包沉一點，也要把物品帶齊全，以防突發狀況，而雨傘就是必備清單之一。

童允樂歡呼，朝我比了個讚。

我拿出折疊傘，鬆開束帶，正準備撐起時，耳邊傳來的騷動聲，吸引了我們的注意，一群女同學正簇擁著梁熙下樓。

「織光，妳不打聲招呼嗎？」童允樂拉住我，眨著燦爛的雙眼。

幹麼特別打招呼？他又不缺人打招呼。我暗自腹誹，然而說出來的話卻十分溫和：「人太多了，下次吧。」

可惜，我忘記梁熙這個人有多腹黑了。

他朝我迎面而來，輕輕地說了聲：「好巧。」

我面帶微笑，卻在心裡悄悄嘆息，「是啊，你怎麼會在這裡？」眞不巧。

「剛才上課的教授借了你們系的多媒體教室。」

我點點頭，「原來如此。」

我的回應很簡短，因爲在人群面前，我還是想跟他保持點距離。

畢竟，男神只能是大家的。

梁熙瞄了一眼我手裡的傘，問：「妳還有課嗎？」

「沒了。」

「那能送我到法律系館嗎？」

他要去法律系找顧清行嗎？我在心裡猜測，忽地又覺得自己可笑，他去找誰關我什麼事，況且，這麼多女生等著送他，他爲什麼非得在眾目之下選我，根本就是故意的！

「但我要送允樂去圖書館還書……」我本以爲能藉此讓梁熙打退堂鼓，卻忘了估算童允樂這個變數。

「我沒關係！」童允樂四處張望，叫住在一旁湊熱鬧、手裡握著一把傘的女同學，問道：「妳能送我去圖書館嗎？」

女同學來回看了我和梁熙一眼，似乎接收到童允樂的暗示，立刻答應：「好啊。」

忽然失去退路的我，險些無法維持笑容。

平時我連壓根不認識的學生都願意幫忙了，更何況現在眼下需要幫助的人是梁熙，眾所皆知，我和梁熙是選修課的同學，若是我拒絕他，那只會教人起疑……

梁熙挑眉，等待我的反應。

我低下頭，眼珠左右轉動，迅速在腦海裡列出幾項可行的方法，最後選擇了其中一項，抬頭說道：「我想起來我還有個地方要去，而且距離不遠，不然，傘借給你好了。」

我家距離系所有段距離，照這雨勢來看，肯定淋成落湯雞，但爲了不和梁熙共撐一把傘，好像也只能這麼做了。

比起面對送梁熙到法律系館後引發的熱議，我寧願狼狽！梁熙握住我遞出去的傘，還來不及接話，我已經匆匆步入雨幕中。我加快步伐，深怕他會撐著傘趕上我。

返家後，老媽一臉錯愕地看著被淋成落湯雞的我，「妳是怎麼回事？」

「忘記帶傘。」

妍光拿著葡萄要放進嘴巴裡的手頓了頓，笑道：「怎麼可能？」

我瞥了她一眼，示意她少說兩句。

老媽從沙發上起身，邊走向廚房邊催促我上樓：「冬天淋雨，妳這是想感冒吧，快回房把溼衣服換下來，我去幫妳煮薑湯。」

「姊，妳把傘給誰啦？」這句話，伴隨著妍光銀鈴般的笑聲。

我自樓梯扶手邊探頭，瞪了她一眼，「妳少管。」

回到凌亂的房間，我迅速換下溼衣服，拿起被我扔在床上的T恤和百元印花短褲套上，接著將乾毛巾蓋在頭上，搓了搓長髮，正打算進浴室卸妝時，手機傳來一聲訊息通知。

「到家了？」

我已讀，沒打算回覆。

不久，某人又傳來訊息：「爲什麼不撐傘就跑出去？」

這個人是故意的吧！

我氣悶地撥出電話，「還不是因爲你我才淋的雨！」

「我沒叫妳落跑。」

「我才沒落跑！」

「不然呢？」他語調平穩地說。

「那時候有那麼多雙眼睛看著，我是傻了才會跟你一起撐傘！」

「跟我一起撐傘又怎麼樣？」梁熙不以爲然地問。

「你是嫌我們被誤會得還不夠深嗎？」

「誤會什麼？」

「誤會我們之間有曖昧啊！」我感到頭疼，抬手揉了揉太陽穴。

「我們沒有嗎？」

「你在說鬼故事嗎？」

「農曆七月過很久了，已經冬天了。」

「呵呵，不好笑。男神張口就愛胡言亂語，你的粉絲們知道嗎？」我嘆了口氣，決定對他曉以大義，「我們這樣被誤會不好，萬一你有喜歡的女孩子，不就誤——」

「如果妳是想套我的話，那我沒有。」

「誰想套你的話了？」他能不能別這麼自戀？「算我雞婆，行了吧？」

我們沉默了幾秒後，梁熙問：「溼衣服換下了嗎？」

「早就換好了。」

「快去沖個熱水澡，暖暖身，別感冒了。」他交代。

「用得著你說，正準備去呢。」我拿著手機，往浴室走去，沒好氣地說：「萬一我感冒，都是你害的。」

「嗯，我知道。」

「那你要跟我道歉嗎？」

「我不會道歉。」電話那頭傳來一陣悅耳的笑聲，我正張嘴欲言，卻聽見他曖昧地說：「但，我會對妳負責。」

我瞪著前方的白牆，不曉得該做何反應，腦中忽然升起一股有點生氣又害羞的複雜情緒……

「織光？」

「我……」支吾其詞後，隨之而來的，是加快了跳動頻率的心臟，就像是犯了心悸似的。

我望著鏡中臉紅的自己，感到莫名的彆扭，朝電話那頭的人喊道：「誰要你負責啊！」

好端端的，我究竟是怎麼了？

✦

好熱，身體好痠痛……

李榆安拿著耳溫槍坐在我的床邊，再將耳溫槍的探頭貼近我的耳道。

嗶。

他看了眼耳溫槍，蹙起眉頭，「三十八點五，我看妳今天先別去學校上課了。」

我起身整理了一下微皺的襯衫，卻被李榆安按回床上。

「不行，我從不缺課的。」我病懨懨地瞅他，撐起上身倚靠床頭。

「對，妳一向都很注重身體保養，之前就算生病，也都是小感冒，沒燒到這麼高溫過。」他語氣冷淡，還有些酸溜溜的，「就不知道爲什麼昨天會不撐傘淋雨回家，現在發高燒，妳還想去學校？」

肯定又是妍光告訴他，我淋雨回家的事……

我哀怨地眉眼低垂，乾澀的嘴唇抿成一直線。

「嗯？」李榆安等著我解釋。

我搖搖頭，仍舊固執地下床。我去學校上課而已，何必徵求他的同意？

我覺得我應該不是感冒，感冒又不會肚子痛，也不會腹瀉，我昨天晚上拉了好幾次，今早還吐了。

「趙織光。」李榆安拉住我，滿臉擔憂，「我是說眞的，別去上課了。」

我有氣無力地勾唇，「我知道你關心我，但我有我的堅持。」

「妳病成這樣去學校有意義嗎？」他蹙眉。

「我又沒有病到腦袋無法運轉，何況今天是週五，只有半天課。」我從衣櫥裡拿出大衣穿上，離開房間下樓。

李榆安跟在我的身後，著急地道：「趙織光，妳自己沒照顧好身體，還這麼固執！」

老媽聽見我們的聲音，走過來關心，伸手摸向我的額頭，「發燒了妳還要去學校上課？」

「我沒事啦。」我撥開老媽的手，「半天而已，我下午就回家休息。」

老媽明白我的個性，知道我不好說服，便將手裡的杯子遞給我，「那先把牛奶喝了墊墊胃。」她接著從客廳的櫃子裡拿出醫藥箱，取出感冒藥，又進廚房倒了杯水過來。

「把這個感冒藥吃了，撐一下。」

「我不能喝牛奶。」我的腸胃不太舒服，現在喝牛奶，狀況恐怕只會更糟糕。

「為什麼？」

我搖了搖頭，怕她知道得越多，會越嘮叨。我二話不說就直接把感冒藥配水吞下。

「妳空腹吃藥傷胃啊！」老媽念叨。

「空腹有時候也是種治療……」我吶吶地道。

老媽一臉擔憂地說：「今天妍光去隔宿露營了，下午我和妳爸要回南部的爺爺奶奶家一趟，估計很晚才會回家。妳下課後，如果真的不舒服，就先去看醫生再回家休息，知道嗎？」

「好。」

「阿姨妳別擔心，我會照顧她的。」李榆安道。

「謝謝你呀，榆安。」老媽放心地點點頭，目送我們離去。

我一如往常地走在校園裡，逢熟人便是一陣親切寒暄，李榆安佩服我裝模作樣的同時，仍隨時注意我的身體狀況。

「趙織光，妳別逞強了。」

「我哪有。」

「妳知道，妳可以依賴我的！」他莫名地有些動怒。

「我……」我愣怔，李榆安這是怎麼了？忽然這麼嚴肅幹麼？

許是怕嚇到我，他立刻又軟化了態度，語氣溫和地道：「妳現在即便化了妝，臉上看起來還是沒氣色。」

「很明顯嗎？」我正想滑開手機，用相機APP照照，卻剛好遇到盧巧縈。

她敏銳地察覺我的臉色有些不對勁，「學姊，妳還好嗎？」

「可能是穿太多了，有點悶。」

「是嗎？」她一臉懷疑，摸了摸我的額頭，「滿燙的耶！妳有量體溫嗎？」

「燙嗎？我覺得還好呀……」

「妳確定妳沒事嗎？」盧巧縈不放心地再三詢問。

「沒事。」話雖如此，但我有點想拉肚子了，得趕快擺脫她，去洗手間才行。

「妳不舒服的話別逞強，趕快請假去看醫生喔。」

「好，我知道了。」

李榆安瞪了我一眼，被我無視。

盧巧縈離開後，我便跟李榆安說我想去洗手間，要他先去上課別管我。待他走遠，我才迅速至地下室人煙稀少的洗手間上廁所。

原本以爲上完廁所會好些，結果沒想到竟是走入地獄的開始。我被肌肉痠痛、發燒、胃疼、噁心和頭暈目眩的感覺來回凌遲，難受到我渾身冒冷汗、專注力渙散，抄筆記的手微微發抖著，教授說了什麼我一個字都沒聽進去。

童允樂和花花見我臉色越來越蒼白，看起來有氣無力的，最後一堂課的下課鐘聲一響，便面露擔心地說要陪我去看醫生。

「沒關係，妳們忙，我自己去就好。」

童允樂待會還要去社辦開會，花花和她期末報告的組員，已經約好要在自習室討論，要是爲了我，耽擱她們的行程可不好。

「妳眞的可以嗎？」

「妳確定？」

「還是我幫妳打電話給李榆安，讓他陪妳去？」童允樂憂心忡忡地問。

「不用了，他下午還有一節課。」李榆安曾說過，那門課的教授很機車，每次上課都要一個一個點名，缺席就扣分，我可不想害他。

「但妳這樣我們眞的不放心欸……」面向窗外的童允樂說著說著，忽然眼睛一亮，「我有辦法了！妳等一下，等等喔！」

我和花花一頭霧水地看著她跑出教室，幾分鐘後又見她匆忙地跑回來，開始替我收拾書包。

「妳幹麼？」花花不明所以地跟童允樂一起把我從座位上扶起來。

童允樂神祕兮兮地眨了眨眼，「跟我來。」

我們三個一走到中庭，便看見了此刻我最不想麻煩的人。

我其實是想逃跑的，奈何兩條胳膊都被她們抓著，無法脫身。

「這眞是最佳人選。」花花笑逐顏開，「這樣我們就放心了。」

確定梁熙扶好我後，童允樂委以重任，「男神，我們織光就拜託你了！」

說完，她們以趕著赴約爲由開溜，留下被病痛折磨的我。接下來，我恐怕還要面對精神折磨。

「感冒了？」

我蒼白一笑，「我覺得不是……」

想起他昨晚在電話裡說的曖昧話語，我的太陽穴就開始隱隱作痛，覺得自己病得更重了。

「妳現在要去看醫生嗎？」

「你下午沒課嗎？」我現在只想把你打發走。

「沒有。」梁熙審視我的狀況，語氣不確定地問道：「妳要去看醫生還是回家？」

「我覺得我可能回……」

話還沒說完，我便忽然感到天旋地轉，倒進梁熙懷裡。

意識徹底消失前，我聽見他說：「我送妳回家。」

✦

「趙織光這個女生好討厭，我們不要跟她做朋友！」

「誰都不准跟她說話，誰敢跟她說話就排擠誰。」

爲什麼要這樣欺負我？爲什麼要在我的便當盒裡放蟑螂？我只是不想選邊站，不想欺負弱勢的同學，這樣也錯了嗎？

「趙織光是一隻醜小鴨，長得不漂亮成績也不好，大家都不喜歡她。」

長得不漂亮，就活該受到這樣的對待嗎？而且，成績並不能代表一切……況且這些排擠人的人，成績又好到哪裡去了？

「欺負她剛好而已，誰叫她這麼討人厭。」

「她到底以爲自己是誰？憑什麼質疑我們？」

爲什麼要把我一個人鎖在廁所裡？好可怕，我不喜歡這個樣子，求求你們——

「放我出去……快放我出去……外面沒有人在嗎？」

我隱約感覺到，有人在我做惡夢時，動作輕柔地在我額頭上敷上冰涼的毛巾。

他仔細地爲我蓋好棉被，並握著我的手。

「沒事了，我在這裡。」然後，因爲他的一句輕哄，我漸漸放鬆了緊繃的情緒。

他身上的味道，猶如午後吹起的涼爽微風，空氣中夾帶著陽光的氣息，像剛剛好的秋天。

這讓我忽然想起了梁熙。

我曾經以爲，他給我的感覺應該更像冬天，氣質高冷、疏離。

有些人喜歡冬天的到來，卻又畏懼它的寒冷。

我希望自己像春天，鳥語芬芳、舒適宜人，給人和緩舒暢的感覺，然而最後卻發現，自己像的是氣候變遷下的詭譎季節，時晴時雨、莫測難猜。

從漫長的夢中悠悠轉醒的我，下意識地抬手觸摸自己的額頭，嗯……退燒了……

有人送我回家嗎？

「鯉魚？」我低聲呼喊。瞄了眼床頭櫃上的鬧鐘，已經六點了。

掀開被褥下床，我走出房門張望了一會兒，家裡似乎沒人。

我最後的記憶，停留在被梁熙抱起的那一刻，但我有沒有記錯啊？不會是發燒到腦袋秀逗了吧？

我攏了攏凌亂長髮，赫然發現，手背上貼著一塊醫療紗布。我將其撕下，怔怔地想著，難道在我昏倒的期間，有人把我帶去醫院吊點滴了？

算了，不管了，反正我現在人已經在家，精神也好多了，這樣就好了。

我換下外衣，走進浴室卸妝，拔掉隱眼，並戴回很矬的黑框眼鏡，然後把瀏海用髮圈紮起來，露出潔白乾淨的額頭。我照了照鏡子，滿意地點點頭，果然還是這樣舒服！

緊接著一陣飢餓感襲來，家裡應該有吃的吧？

我踏著輕快的腳步下樓，走進廚房打開冰箱，卻發現沒什麼能馬上微波來吃的東西，只好餓著肚子喝運動飲料充飢。

為了轉移注意力，我打開電視，用遙控器轉了幾台節目，剛好看到電影頻道在播我喜歡的動作片，樂不可支地抱著靠枕，準備躺在沙發上看。此時大門的方向傳來了開門聲，我瞬間停止動作。爸媽說他們今天會晚回家，所以……「鯉魚，是你嗎？」

這個時間最有可能出現在我家的人絕對是李榆安，但奇怪的是，我並沒有得到他的回應。

我皺起眉頭，正想起身的時候，就看見梁熙提著塑膠袋走進客廳，手裡還握著我家鑰匙。「醒了？」

我找不到任何的形容詞，來描述我此刻的心情。

腦海裡湧現的第一個念頭，不是他怎麼會有我家的鑰匙，而是我現在這副居家的打扮，被、看、到、了……

啊啊啊啊啊啊！

梁熙面不改色地在我旁邊坐下，從塑膠袋裡拿出裝有白粥的碗，打開蓋子，放在我面前的玻璃桌上，再遞給我湯匙，動作一氣呵成。「肚子餓了？吃這個吧。」

他的所有舉動，在我的腦海裡慢動作播放、停格，唯有內心的尖叫聲依然持續著。

啊啊啊啊啊啊！

爲什麼他唇邊的笑意越來越深了？難道我內心的驚恐浮現在臉上了嗎？

啊啊啊啊啊！

儘管腦中冒出無數個小劇場，但我想，我的表情應該還是維持住了，頂多像在發呆，因爲梁熙什麼都沒問，只是將掌心貼上我的額頭，溫柔地道：「很好，退燒了。」

「嗝、嗝。」我錯愕地打出兩聲嗝，外加一連串的咳嗽，「咳咳咳咳——」

梁熙隨即拿起桌上的運動飲料給我，「喝點。」

「你……」

或許是見我尚未回過神，他開始向我說明情況：「我的親戚是家庭醫生，下午請他來過一趟，替妳看診、打點滴，所以妳現在應該會覺得舒服許多。我也幫妳敷了幾次冷毛巾，等妳燒退得差不多的時候，我就出去買粥了。」

我怔怔地瞪著他，嘴唇抿得死緊。

「鑰匙是從妳包裡找的。」梁熙眉目微斂，「還有，李榆安來過，我說我會照顧妳，所以……他就走了。妳還有什麼想知道的嗎？」

「你說你會照顧我，然後他就走了？」這太不像李榆安了吧？

「我們還溝通了一下。」

「溝通了啥？」

梁熙沉默，顯然不願多言。

「算了。」我現在也沒力氣問他這些事。「那我是怎麼了？」

「急性腸胃炎。」梁熙向我投來目光，讓我感到有些羞恥，「妳昨天到底吃了什麼？」

現在就算給我一個再小的洞，我也會想方設法鑽進去的……我用長髮和雙手遮住臉，極度崩潰地發出微弱的尖叫聲。昨日一整天吃了那麼多東西，誰知道是因爲什麼？

「粥要趁熱吃。」梁熙溫馨提醒。

現在這種情況，我哪有什麼胃口吃東西！

我從指縫中偷瞄他一眼，被他逮個正著。「妳還有哪裡不舒服嗎？」

「好、好多了……」

不過，他都看到我這副模樣了，怎麼一點反應也沒有？不驚訝嗎？不傻眼嗎？不覺得……很醜嗎？爲何他對我現在的模樣隻字不提？

冷靜下來後，我的手掌緩緩地往下移，露出兩顆眼睛，悶聲問道：「你不覺得……我這個樣子……」

「妳什麼樣子？」梁熙翹起修長的腳，向後靠著沙發，雙手環在胸前，清俊的臉龐揚起淺笑。

「你……嗚……」我再度以雙手掩面，沒勇氣繼續說下去。

如坐針氈的每分每秒，我都在克制想拔腿衝回房間並鎖門的衝動。

梁熙沉靜了半晌，才慢條斯理地有所動作，他握住我的手腕，將我的手輕輕地往下拉，使我露出臉龐。

他的嘴角微微勾起，卻絲毫沒有嘲諷的意味。

我這副模樣，連李榆安初見時都震驚了好一陣子，然而此刻的梁熙，卻氣定神閒地說道：「原貌很好，不矯揉造作。」

我怔怔地看著他，忘記眨眼，也差點忘了呼吸。

可能是我的表情逗樂了他，他嗓音含笑，「而且妳忘了，我早就看過了。」

「但遠看不比近看來得驚人啊……」

「妳想多了，在我眼裡，妳化不化妝都一樣。」

「都一樣平庸是吧？」我自嘲地揚起嘴角。

「不是。」

「不然呢？」

梁熙搖了搖頭，沒答話，可他的神情卻讓我清楚地知道，他並沒有看輕我。

霎那間，我沉淪在他如炬的目光之中，無法自拔。

半晌，他放開我的手，拿著桌上的碗起身，「涼了，我去加熱。」

直到他離開我的視線，我才驚覺自己臉紅了，不是因爲丟臉，而是因爲心動……

吃完晚餐，梁熙霸道地禁止我繼續看電視，他堅持病人需要有良好充足的休息。

跟著我回房後，他遞給我一包藥。

「你想毒死我？」我靠在床頭，開玩笑地問。

梁熙莞爾，順著我的話點頭，把藥包塞進我手裡，接著拿起擱在桌上的保溫瓶倒了杯水。

「這不是成藥，是哪來的？」

「醫生配的。」

「喔對，你的親戚。」爲了照顧我，他還找親戚來替我看病，幫我買粥，張羅那麼多事情，還事事周全……眞是辛苦了。

見我發愣，梁熙替我拆開藥包、取出藥丸，「吃藥。」

我依循他的指令，把藥配著水吞下去。

「藥和保溫瓶都放在桌上，記得按時吃藥，多喝水。」

我輕抿下唇，猶豫了幾秒才問：「你要走了嗎？」

「我會再待一下。」他扶著我，讓我躺好，還替我蓋上棉被。他的一切舉動，是那麼的自然。

現在的我毫無睡意，完全不像病人，更看不出來幾小時前曾一度不適到暈倒過。

「看來生命力還挺旺盛的，病好了？」梁熙拉了張椅子到床邊，見我一雙眼睛睜得大大的，揶揄道。

我裝模作樣地咳了兩聲。

「妳是腸胃炎，不是感冒。」

「所以你不用對我負責啊。」

「是啊，可惜了。」梁熙驀地彎身湊近，臉上帶者一抹壞笑。

我推開他，拉起被子遮住半張臉，怕若是臉紅了會被發現。

「昨天不該害妳淋雨的。」他交疊雙腿，目光低垂，「吃壞肚子再加上淋雨受涼，所以才會這麼嚴重。」

「難得你還會自省。」我笑道。

他微微地斂下眼神，俊秀的臉龐頓時褪去些許笑容，「原本以爲，不過是請妳送一段路而已，不至於如此。沒想到妳寧願淋雨，也要逃開我。」

我的胸口莫名地感到一陣煩悶，感覺自己似乎做錯了什麼。

其實，我眞的有必要一直逃避他嗎？回想這陣子以來的種種，他對我，似乎都挺好的……

梁熙逕自從書架上挑了一本與室內設計相關的雜誌翻閱，再走回來坐下，而我的視線順著他的舉動，落在那雙乾淨修長、捧著書的十指上。

「你會彈奏樂器嗎？」他的手看起來很適合彈鋼琴。

「鋼琴。」

果不其然。「還有呢？」

「小提琴。」

「還有嗎？」

梁熙失笑，「妳究竟希望我會什麼樂器？」

「沒、沒有啊！只是隨便問問。」

梁熙揚起一抹淺笑，繼續低頭看雜誌。

我盯著眼前的絕美側顏，突然對他產生了好奇，「梁熙，你在美國的時候，話也很少嗎？美國不是熱情奔放的國家嗎？每個人都很健談的樣子，你這樣沒被排擠嗎？」

他臉上的笑容瞬間斂去幾分，「妳不想休息？」

驚覺自己似乎提到了一個敏感的話題，我做做樣子地打呵欠，企圖緩解尷尬，「嗯，等藥效發作，大概就會想睡了……」

然而，梁熙擱下手中的雜誌，坦然道：「我在美國時話一直很少，畢竟那段時間，我過得並不開心。」

「爲什麼？」我迅速回想起，他曾經說他懂我的感受，難道是因爲……「你在美國時，該不會也被同學們排擠吧？」

這次，梁熙沒有先前的停頓，直接回答：「我在美國上的是貴族學校，競爭力高，大家的忌妒心強，同儕間的小圈子也多，像這種事情，在所難免。」

他這是承認了？他眞的被排擠過嗎？被眾人捧在掌心，走到哪兒都自帶光環的男神也有這種時候……實在令人難以置信！

他長得這麼好看，智商又高，長年在國外生活，想必家境也是優渥，還會彈鋼琴跟拉小提琴，這根本就是標準的人生勝利組，怎麼可能敵不過同儕間的競爭？

「那妳呢？還是沒好些嗎？」沒等我消化完剛得知的震撼彈，梁熙便問道。

「你說身體嗎？」我舒展筋骨，感覺了一下，「有啊，已經好多了。」

「不是。」梁熙沉下臉色，「我是指……被排擠這件事。妳昏睡的時候做了惡夢，還哭了。」

我嘴角一僵，「喔……嗯……」

我知道，那時候是他握著我的手，才讓我緊繃的情緒，逐漸舒緩。

「妳經常做惡夢嗎？」

「偶爾。」高中時期比較頻繁。

梁熙靜默半晌，才緩緩地開口：「趙織光，妳沒有必要因爲別人的閒言碎語，而否定自己的價値。」

「你說得倒容易……」我與他四目相接，一刻都不容他迴避，「那你呢？你也做得到嗎？」揮別過去的陰影，活在當下。

他點點頭，迎上我的目光，「的確不容易，但我很努力。」

我震驚於他堅定的態度，還來不及回應，他又說：「況且，現在的妳，有十足的能力戰勝那些脆弱。」

「你怎麼知道？」我因這番話語而動容，情不自禁地問：「即便此刻，看到這副邋遢模樣的我，你也這麼覺得嗎？」

「是。」梁熙的眼神裡沒有一絲動搖，「無論妳是什麼裝扮，無論妳如何僞裝自己，我都相信自己眼中的妳。」

「你也未免太有自信了……」

「一開始沒有，但越認識，越驚喜。」

「驚喜什麼？」我乾笑幾聲，「難道不是驚嚇嗎？」

「妳很有趣。」他文不對題地說。

「你拿我當笑話是嗎？」我納悶地鼓起臉頰。

梁熙微微地搖了搖頭，笑而不語。他看了一眼時鐘，把雜誌放回架上，椅子歸位，說道：「晚了，妳好好休息，我先走了。鑰匙放在樓下客廳的桌上，大門我會替妳關好。」

「好，晚安。」我沒再留他，今晚的談話資訊量太大，我相信我們彼此都需要一點時間消化。

「對了，原來之前來妳家的時候，妳有先整理房間。」梁熙關上房門前，忽然來了個回馬槍。

我僵硬地環視凌亂的房間，把臉縮進棉被裡尖叫。

待我冷靜下來後，才聽見手機震動的聲音，我這才想起自己忘記跟爸媽報平安了，緩慢地爬起，拿到了手機後，果然看見了超多則未讀訊息。

趙家主母：「我聽榆安說妳暈倒了！怎麼會這樣？急性腸胃炎這麼嚴重？我和妳爸在高速公路上堵車了。」

花花不是花痴：「我看到學校論壇才知道妳暈倒了！梁熙有好好照顧妳嗎？看過醫生了嗎？所以妳到底是感冒還是怎樣？」

童樂樂：「梁熙有沒有帶妳去看醫生啊？暈倒是怎樣？也太嚴重了吧！」

童樂樂：「看妳都不讀不回訊息估計是在休息，吃藥、多睡覺，趕快好起來啦！」

李榆安：「妳腸胃炎好些了嗎？我去過妳家，但梁熙說他會照顧妳……」

滑完這些訊息後，我才發現班級群組顯示著一百零五則通知，而且聊天室的訊息數量還在不斷地往上攀升，可想而知同學們討論得有多熱烈。

我好奇地點開來，不看還好，一看驚人。我接著打開學校論壇，去看看到底發生了什麼事。

置頂的文章，出現一張梁熙抱著暈倒後的我的照片，搭配聳動的標題——戀情曝光，男神和某系花熱戀ing？

而下面的留言更是看得我膽顫心驚——

B33：趙織光真的在跟男神交往嗎？不會是耍手段刻意製造話題的吧？

B52：那麼多的系花覬覦男神，怎麼就偏偏讓室內設計系的占了上風？果真是近水樓臺。

B57：認真說，我覺得趙織光是所有系花裡長得最普的……

B98：他們看起來一點也不登對！我不贊成！

我接著還看到了幾則替我澄清的留言，依這些留言中的內容、語氣來看，應該是花花、童允樂和李榆安在替我滅火，但對我不利的留言還是占了大多數，什麼耍手段、裝柔弱、心機重的白蓮花，還有人說我是一廂情願，故意製造和梁熙親近的假象，藉機吃男神的豆腐。

而這些不實的指控，足以令我多年來苦心經營的形象毀於一旦，從前的美名在頃刻間覆滅。

誰說只有紅顏才是禍水？長得太好看的男人，也有禍國殃民的本事的。

B109：我們吵半天有啥用？人家男神搞不好就喜歡趙織光賣弄。

在這則留言之後，梁熙的粉絲們是越來越激動了。

我頭又開始疼了。我關掉論壇，簡單回覆親友們的關心訊息後，決定先好好睡一覺，讓身體盡快康復最重要，畢竟，等病好了去學校，估計會迎來一場硬仗……

第七章　喜歡一個人時的模樣

愛情，是一場不理智的相信。

經過一個週末，暴風雨並沒有如預期般到來，這讓原本還在煩惱應對方式的我鬆了一口氣。

幸虧外文系小網紅和電機系富二代祕密交往的事被扒了出來，我才暫時躲過這場風波。小網紅介入別人感情當小三的八卦，比我和男神搞曖昧，卻無憑無據的傳言要來得有看點，瞬間就登上了學校論壇新的熱門話題，連懶人包都被製成好幾種版本，爆料者提供的內容之精彩，一個比一個還狠毒，彷彿跟當事者有什麼深仇大恨似的。

因此，我和梁熙也就暫時安全了，眞是可喜可賀。

我在圖書館找座位時，偶遇盧巧縈，她說她剛結束和同學的小組討論，問我要不要一起使用自習室。

她趁著筆電更新的時間，用手機滑了一下學校論壇，看到感興趣的話題，便提出來和我分享。

「學姊妳看。」她邊念標題，邊把手機螢幕轉過來，「『喜歡一個人，究竟該不該表白』，學姊，如果是妳，妳會勇敢告白嗎？」

我挑眉，睨了她一眼後，看著螢幕瀏覽內文。

我喜歡一個人很久了，一直沒勇氣表白。

我和他之間的相處滿曖昧的，他有時會讓我覺得，他是喜歡我的，但有時又感覺只是朋友。

最近我無意間得知，他有喜歡的人了，卻不知道那個人是不是我。

我該主動告白嗎？還是等對方先行動呢？

B1：妳應該要先確定對方喜歡的是妳吧？

B57：這告白下去萬一被拒絕，連朋友都當不成了。

B94：喜歡一個人就是要勇敢表白啊！

B118：如果確定他喜歡的是妳就上吧。

B231：是妳單方面覺得你們在曖昧還是？

「我不知道耶，應該……要看情況？」我微笑地搖了搖頭。

盧巧縈雙手托腮，一臉欣羨，「學姊這麼受歡迎，大概沒這種困擾吧。」

「沒有的事。」我的戀愛運一直都很差，所以才沒這種困擾。我反問：「那妳呢？」

「如果是我的話，無論對方喜不喜歡我，都一定會告白！」她說這句話時，眼裡有光，自信又可愛。

「這麼勇敢。」

盧巧縈用力地點頭，「不說出來的話，會有遺憾的。」

「即便會被拒絕，妳也會說嗎？」

「當然呀！很喜歡的話，就是要讓對方知道嘛！」

「妳不怕講了，連朋友都當不成？」

「一對成熟的男女，在處理感情的事情時，是不會因爲這樣就當不成朋友的。」她伸出食指搖了搖，說得頭頭是道。

「嗯，有道理。」我順著話題趁機打聽：「那妳現在有喜歡的人嗎？」

盧巧縈驀地臉色一紅，安靜了下來。

「看來是有嘍？」我歪著頭，故意逗她。

「嗯……目前還在有好感的階段啦……」她回答得十分保守，神情難掩少女嬌羞。

我的腦中忽然浮現出一個人，於是問道：「是……梁熙嗎？」

「梁熙哥？」盧巧縈愣了一下，眨了眨眼，笑說：「他難度有點高欸。」

她給出了一個模稜兩可的回答，但不知爲何，我不想再追問下去。

然而，她卻逕自續道：「妳別看我們關係不錯，兩家人也很熟的樣子，其實梁熙哥不好親近的，他總是給人一股疏離感，態度淡然且界線分明，即便表面在笑，有時也未必是眞的發自內心地高興。」

嘴上說梁熙不好親近，但她卻還是挺了解他的不是嗎？我垂下眼簾，心裡有些不是滋味。

「那學姊呢？」

「我怎麼？」

「妳現在有喜歡的人嗎？」

「我……」以往我都會直接否認的，如今卻有點說不上來地遲疑……

「學姊喜歡榆安學長嗎？」

「李榆安？」我疑惑地看向她，「妳怎麼會這麼問？」

「我覺得你們感情很好，學長又很照顧學姊，所以……」

我搖頭失笑，「我和李榆安其實——」

手機來電的震動聲，打斷我們的談話，我瞄了一眼，發現是李榆安打來的。這通電話來得可眞是時候。

我剛剛才傳訊息叫李榆安有空來拿我媽自製的醃菜，他居然這麼快就到了。我接起電話，跟他約在圖書館的後門見。

「巧縈，妳等我一下喔。」

我提著保溫袋離開自習室，從圖書館後門出去和李榆安碰面，他看起來心情不大好，從我手裡接過東西後便轉身要走，「鯉魚，你怎麼了？」

李榆安回頭，淡淡地開口：「我沒事。」

「那你為什麼臉色這麼難看？」我開玩笑地抱怨：「該生氣的應該是我吧？我腸胃炎欸，你都沒來看我，當初還答應我媽說會照顧我的。」

孰料，他竟繃著臉，沒好氣地道：「妳還需要我照顧嗎？」

「什麼意思？」我愣了一下，「你是在……生我的氣嗎？」

週末傳訊息給他，他多半已讀不回，早上發給他搞笑影片的連結，他回說很無聊，叫他來找我拿東西，他擺著一張臭臉出現。我根本不知道自己哪裡惹到他，很無辜欸。

「沒有。」

「你到底怎麼了？」我不顧旁人眼光，拉住他的手不讓他走。

「不是有梁熙照顧妳嗎？」

「你……」他不會是在吃梁熙的醋吧？

「妳身邊有他在，還需要我幹麼？」

我望著他，半晌說不出話，直到感覺他想甩開我的捉握，才趕緊說道：「他是他、你是你……你是我的好朋友，這並不衝突啊。」

李榆安一言不發地緊抿著唇，不肯看我。

「你們那天說了什麼嗎？所以你才不高興了。」我追問。

梁熙那天只說他們溝通了一下，但未具體說明，現在回想起來，他當時確實語帶保留，而我也想不通，他們會因為什麼理由鬧矛盾。

「妳是真的感覺不出來嗎？」

「感覺什麼？」

「梁熙和我都對妳——」李榆安話說到一半就踩了煞車，見我一臉狀況外，似乎更加生氣了，「妳就神經這麼大條，非得我說得那麼明白嗎？」

我深呼吸、閉了閉眼，趁著四下無人，終於忍不住板著臉，沉聲開口：「先生，我的耐心也是有限度的。你這樣無端對我發脾氣，合適嗎？」

「趙織光，妳眞的看不出來我在吃醋嗎？」

「我看出來了，但你爲什麼要吃醋？」我輕嘆，「梁熙那天只是——」

「我勸妳最好想清楚再說。」

我瞪著他，氣得不想解釋。

空氣中有一瞬間的凝滯，直到他態度放軟，低語：「織光，妳是我的初戀，妳不是知道嗎？」

我微微啟唇，一時接不住話。

之前被我調侃的時候，還死不承認我是他初戀的男人，現在這是怎麼了……

這麼多年來，我和李榆安之間的友情，總是維持著微妙的平衡，即便兩個人熟透了，也不會越界，或太過深入地去了解彼此心中對對方的想法。

「那天，梁熙說他想照顧妳，在妳做惡夢、哭泣的時候，他想握住妳的手，安撫妳的不安與恐懼。他看見了妳那不願輕易展露在我面前的脆弱，我覺得他好像輕而易舉地就取代了我在妳身邊多年的位置。我很不甘心，我問他憑什麼？他卻反問我，那我又憑什麼質問他？」李榆安莫可奈何地笑嘆，「織光，我確實沒資格，對吧？」

或許是隱忍了多年的情緒終於爆發，李榆安坦然的神情中，多出了一抹令我陌生的情感。

他認眞的模樣以及太過赤裸的感情，令我無法回答，甚至自私地不願面對。他讓我毫無防備地踩在了我們之間的友情界線上，一時之間，我不知道該怎麼回應他……

語塞的我，最後只道：「巧、巧縈還在等我，我、我我先回去了。」

早知如此，我剛剛就不該攔下他的，讓他生幾天悶氣，搞不好這件事就過去了。

幸好，對於我的逃避，李榆安體貼地並未阻止，就這麼任由我離開。

返回自習室之後，我沉默地翻書，卻一頁都看不進去，複雜的思緒幾乎逼得我快要抓狂。

「學姊，妳還好吧？」盧巧縈忙完手邊的事後，關心地問。

「我沒事。」

「妳剛才和榆安學長聊了什麼嗎？怎麼臉色不太好？」

我勉強自己展顏，搖頭，「沒什麼呀。我是在想明天要上台報告的事，可能想得太專心了，所以看起來比較嚴肅。」

確認我沒事後，盧巧縈才鬆了口氣，拉起我的手問：「那我們可以繼續剛才的話題嗎？」

「嗯？」

「就是關於妳和榆安學長——」

我像忽然被燙到般地抽回手，又在盧巧縈錯愕的表情中回過神，連忙打起精神，微笑道：「我和李榆安就是認識多年的好朋友而已，沒什麼的。」

「學姊眞的不會喜歡榆安學長嗎？」

「當朋友久了，可能會有點難……」我斂下目光，掩蓋心虛。

盧巧縈向我確認了幾遍我的想法後，露出欣喜的表情。

看著她神采飛揚的模樣，我突然恍神了一會，等思緒回籠，才赫然發現，原來，盧巧縈有好感的人，是李榆安……

✦

「下週要交報告，這週末我去妳家把內容再潤過一遍吧。」

我將手機轉成擴音，意興闌珊地撥弄髮尾，點點頭，愣了一下，又趕緊搖頭道：「不、不用，我看都差不多了，剩下的校對交給我就好。」

「我答應要讓妳拿高分的。」

「我看了幾遍內容，覺得已經很完整了，剩幾個段落，我再稍微調整一下就好，不勞您費心……」

梁熙沉默了一會，就在我以爲訊號不良，正想拿起手機確認時，他的聲音再度傳來：「因爲上回學校論壇的事，妳想跟我保持距離嗎？」

「沒有啊。」我輕咬下唇，「你怎麼會這麼想？」

「那就好。我還以爲妳忘恩負義呢。」

「什麼忘恩負義？」

「腸胃炎那次，妳欠了我人情，忘了嗎？」

他如意算盤打得可眞好，果然是不安好心，「那你想怎樣？」

耳邊響起一陣低沉的淺笑聲，雖然悅耳，但只要一想起他的好心情，都是有條件的，就讓人感到不討喜了。「等我想好再告訴妳。」

「你就知道算計我。」之前是被他抓住把柄，現在是欠他人情，我怎麼就是無法擺脫他呢……

「妳這麼說，我可要傷心了。」

我感到好氣又好笑，被他這麼一說，氛圍才稍微緩和了點，我卻忽然想起前幾天李榆安說的那些話，不禁斂去笑容，「梁熙，那天你和李榆安說的話，他都跟我說了。」

「我想也是。」

「你爲什麼要說那些話？」我囁嚅：「……是因爲同情我嗎？」

「我爲什麼要同情妳？」他反問：「妳覺得自己可憐嗎？」

「沒有啊。」我抿了下唇，緩緩地說：「可是，你講那些話，會讓李榆安誤會你對我……」

「誤會什麼？」

我知道他在引導我把心裡眞正的問題說出來，但我卻猶豫了，我不曉得該不該捅破那張曖昧不明的紙，畢竟，有些話一旦說得太明白，場面就會變得挺尷尬的……

然而，就在我躊躇時，梁熙直言：「誤會我喜歡妳嗎？」

我嚇了一跳，趕緊關掉擴音模式，拿起手機貼在耳邊，「你說什麼？」

「沒有誤會。」

這個意思是，他……喜歡我？

怎麼可能？他是大家公認的男神，追他的美女很多，聰明又能幹的更是不在少數，爲什麼是我？他喜歡我什麼？

他眞的……喜歡我嗎？

「你……我……」我甩了甩頭，問道：「你懂什麼是喜歡嗎？你喜歡過人嗎？知道喜歡一個人是什麼模樣嗎？」

他笑了笑，「我的確不懂，所以想和某人一起研究研究。」

我的思緒紊亂，有點口乾舌燥，伸手壓在胸口，掌心下的一顆心撲通撲通地跳，我唾棄自己過於青澀的反應，還好他不是當面說的，不然丟臉死了。

「你說一起就一起啊？也不問問人家的意願……」我朝自己搧風，奇怪了，現在明明是冬天，怎麼會這麼熱呢？

「那妳願意嗎？」

從起初的驚慌，到逐漸心生歡喜。我努嘴，憋著笑，心裡其實有點願意，卻又不想承認。

「姊……」妍光敲了敲我敞開的房門，見我在講電話，用比手畫腳的方式，外加唇形問：「我可以進來嗎？」

我點點頭，對電話那頭的人道：「我妹找我，先不說了。」

待我放下手機，妍光遞上熱牛奶。「妳和梁熙講完電話啦？」

「妳怎麼知道我在和他講電話？」

「其實我站在門邊一陣子了，只是一直不知道該不該打斷你們。」

「原來妳是在偷聽呀！」我笑著輕捏了一下她的鼻尖。

「哪有。」她才剛否認，接著便被自己的好奇心打臉，「梁熙說他喜歡妳嗎？」

「妳別胡說。」我難爲情地別過眼，「小孩子懂什麼是喜歡……」

「我也沒那麼小好嗎？」妍光勾唇，「而且我還知道，李榆安也喜歡妳喔！」

我頓時倉皇無措，上回他本人都沒說得這麼直接。「妳又知道了？」

她點點頭，沉默了一會兒才道：「我覺得李榆安應該是遲鈍型的，以前沒想太多，覺得你們就是好朋友而已，但自從有了強勁的競爭對手後，或許他才終於意識到自己對妳的心意。」

「那妳是怎麼看出來的？」

「李榆安偶爾傳LINE跟我聊天時，都會有意無意地，想從我這裡問到妳對那些跟妳告白的男生的想法。我又不遲鈍，當然感覺得出來，他在吃醋。」

「但我和他之間的互動很平常，沒什麼改變啊。」

「當朋友久了，要跨出那一步改變關係，並不容易好嗎，而且——」妍光靠過來眨了眨眼，「妳、太、遲、鈍啦！」

「所以他那天，是眞的忍無可忍了才說的……」

「哪天？」

我搖頭，不願多言。

「我想，梁熙的出現，應該刺激他不少。」

「為什麼？」

「因為我們都覺得，自從妳認識梁熙後，變得有些不一樣了。」

「哪裡不一樣？」我怎麼沒感覺？

「說不上來欸，就是……一種感覺？」妍光雙手抱胸，歪頭想了想，「我覺得，妳變得沒有以前那麼在乎外表了，跟家人去逛超市時，不會再特意化全妝，我有朋友來家裡作客時，妳也不會過分客氣，像個完美的姊姊，有時候反而會露出粗神經的一面，我朋友們都說這樣的妳可愛多了。」

我失笑，「妳是說上回妳朋友來，我把餅乾烤焦的那次？」

「對。」妍光拉起我的手，「如果這些改變，都是因為梁熙，那是不是就代表，妳喜歡他呢？」

「但喜歡一個人，不是應該變得更好嗎？」我低下頭，心情有些複雜，「妳剛剛說的那些，在我聽來像是退步了。」

「才沒有呢！」妍光反駁，「我和爸媽都對妳的改變感到很開心，我們覺得妳變好了。」

「可是……」我以為過去那樣包裝過的自己，才是被大家所認可的，而我也確實獲得了很多掌聲和讚美。

「姊，我或許年紀比妳小，有些事情沒妳想得明白，但有一點我很確定，那就是，」她握住我的手，「無論妳是什麼模樣，我都希望妳快樂。如果有那麼一個人，能讓妳發自內心地高興，在他面前輕鬆自在地做自己，那我想，他就值得妳的喜歡。」
望著妹妹真摯的目光，我輕輕地笑了，「好。」

✦

午後，和指導教授討論完實作模型的細節，我跟童允樂剛走出教授辦公室，就見花花也捧著模型迎面而來。
「怎麼？妳也有問題啊？」童允樂笑著擋住她的去路。
「上次那個概念被退了，這回只能再碰碰運氣。」花花一臉愁苦。
「妳就是凡事都只追求六十分，偏偏這次碰上完美主義的教授，難怪一直被刁難。」
「笑死，教授還以為我在找他麻煩呢。」花花朝童允樂吐舌，接著轉頭對我道：「對了，高閔星來班上找妳，說早上有傳訊息約妳，還說，如果我遇見妳，要提醒妳，他三點的時候會在系所的後花園等妳，甚至特別說了句『不見不散』。」
「太可怕了，他想幹麼？」童允樂抖了抖肩膀，癟著嘴角說。
我搖搖頭。
「可能是還沒對織光死心吧。」花花猜測。
「上次那麼丟臉，都沒能讓他清醒啊？」童允樂譏諷，「真是令人佩服。」

「那次的確是我不對，是我沒和他說清楚，我應該好好跟他談談的。」我倒是覺得自己有點對不起高閔星。

「談了他也還是失戀啊。」花花吐槽，「結果會不一樣嗎？」

「那妳現在要去赴約嗎？」童允樂問。

我捧著模型，瞄了眼腕錶上的時間，已經兩點半了，「我得先回去放模型。」

「不然，允樂妳等等陪織光去一趟吧。」花花提議。

「不行欸，我卡了個報告要改，下午四點得交。」

「我自己去就好，妳們忙妳們的，別擔心。」

當我準時到後花園時，高閔星已經提早到了，他的神情略顯侷促，手裡拿著一個包裝精緻的禮物盒。

隨著我走近，他笑逐顏開，「妳來了。」

「你找我，有什麼事嗎？」我回以一個禮貌的微笑，

「這個給妳。」高閔星把禮物拿到我面前。

我沒有收，疑惑地看向他。

「之前籃球場那次，沒頭沒腦地向妳告白，是我太唐突了，抱歉。」

「沒關係。」

「這是一副耳環，我覺得妳戴起來會很漂亮，所以就買了。」

「無功不受祿，你的好意我心領了。」我半認眞半玩笑似地道。

「妳也可以把它當作我向妳告白的禮物。」他朝我走近一步，坦白心意：「趙織光，我喜歡妳。」

雖然早就猜到他約我出來的目的，但面對拒絕對方的告白這種事，儘管經驗多，我卻仍不擅長處理。各種拒絕的場面話到嘴邊，最後只變成了一句：「謝謝你。」

「這是……拒絕嗎？」

我點了下頭，「嗯。」

「我記得我們剛認識的那段時間，關係還不錯，我以爲妳對我，是有一定程度的好感。」

有好感嗎？我不確定，我對「喜歡」這種感覺，其實是很陌生的。

從前我屈指可數、喜歡過的人，都因我自己不佳的戀愛運而沒能有後續的發展，因爲放棄得太快，導致後來我也分不清楚，那些感覺究竟算不算愛情。

妍光說我喜歡梁熙，但至今，我仍不確定，自己究竟是不是喜歡他……

「高閔星，你很好，可惜我們已經錯過了。而且當時你也沒選擇我，不是嗎？」

「那時候情況太複雜了，我的前女友一直不肯接受我和她已經分手的事實，常常情緒很激動，走不出情傷，我爲了安撫她，所以……」

「所以，你們就復合了。我知道。」

「是她單方面認爲的，而且她還到處跟別人說我們復合了。在那樣的情況下，我如果繼續跟妳來往，只會對妳造成傷害。」

「那就表示我們沒有緣分啊。」

即便高閔星把話說得再冠冕堂皇，我也不為所動，因為我曾親眼目睹他和前女友牽手約會的模樣，那親密的互動，可不像他所說的，只是單方面。

為了給他面子，我不想拆穿。

「織光，我也想過就這麼算了，就當我們無緣，但這麼久以來，我發現自己還是喜歡妳，我沒辦法輕易放棄。」他說得深情，好像恨不得把心掏出來證明給我看一樣。「我有好幾次都想主動找妳，但又怕太突然會打擾到妳，所以只能逢年過節時發祝賀訊息給妳，順便聊個幾句。每次在學校裡巧遇，看見妳身邊有男生時，我都會忍不住想，妳是不是已經有對象了。妳不會知道，那天我偶然從朋友口中得知妳一直都是單身時，心裡有多開心。」

聽著高閔星的表白，我實在不確定他是想打動我，還是純粹說來感動他自己的。

我早已看清，現實總是殘酷，這段話背後的眞相，其實只是他跟前女友復合後又心猿意馬，認識了幾個女孩，思來想去，還是覺得挺喜歡我的，所以就來找我了。

我是不願追根究柢，不是傻；即便平時的我很好說話，但在感情這件事情上，也絕對無法妥協。

「我不要求妳馬上接受我，但至少，我希望妳能給我重新追求妳的機會。」

我在心裡嘆了口氣，好聲好氣地道：「高閔星，謝謝你，但我眞的無法接受。」

「妳是不是有喜歡的人了？」高閔星猜測，「是梁熙？」

之前梁熙利用我拒絕向他告白的女生，不如這次我也利用他一回吧，「對，我喜歡他。」

「那他呢？他也喜歡妳嗎？」

「我不知道。」

「妳也被他的外貌和條件所吸引嗎？」高閔星氣憤地撇過頭，「我就知道，無風不起浪，學校論壇上的傳聞，都是眞的！」

「所以你之前……是把梁熙當成假想敵，才約他PK嗎？不是因爲校隊要招人，想測試他的實力？」

「測試實力只是順便。」被我徹底拒絕後，高閔星的態度逐漸由羞赧轉爲憤怒，他咬牙切齒地道：「我原本以爲，至少我有一項能贏過他，沒想到還是太輕敵了，但讓我更沒想到的是，妳也是這麼膚淺的人。那時在籃球場上，妳丟下一句抱歉就走了，我朋友們都說妳是在踐踏我的眞心，只有我傻傻地以爲，是我突然的舉動讓妳手足無措，所以妳才逃開的，沒想到他們說得沒錯，妳根本看不上我！」

「高閔星，我——」怎麼講到最後，好像都變成是我的錯？

「就當我今天什麼也沒說吧！」他不肯聽我解釋，丟下這句話便轉身離開，留下百口莫辯、無奈的我。

這就是所謂的，求愛不成，惱羞成怒嗎？

不過，高閔星大男人的性格，我早已略有耳聞，如今他會出現這麼激烈的反應，並不讓人意外。

✦

沒想到拒絕一個人的告白，是件這麼累人的事。

披著落日的晚霞，從學校走回家這段熟悉的道路，忽然變得好漫長。

遠遠，一抹熟悉的人影佇立在我家門外的盆栽旁。

我在包內尋找鑰匙的手停頓了一下，接著什麼也沒拿，便抽出手來，邁步走到他的面前。

遲早要面對的，逃避絕對不是個好方法，尤其兩家人這麼熟，避也避不掉。

我們都知道這個道理，卻還是不敢輕易跨出下一步。

李榆安還是先來找我了，如同以往我們鬧矛盾時，總是他先低的頭。

我不是沒想過主動和他談談，也曾在我們的對話框，輸入了短短幾個字的訊息，但按下送出鍵的手指就像僵化了一樣，怎麼也點不下去。

「鯉魚。」我吶吶地喊。

「妳回來了。」李榆安瞥了眼腕錶，「這麼晚。」

「晚嗎？」

「我記得妳下午沒課。」

我擔心把高閔星向我告白的事說出來，會讓場面提前尷尬，便隨便找了個藉口：「喔，我去了趟圖書館，遇到幾位同學問功課，教他們解題花了不少時間。」

「我們到附近的公園聊聊吧？」他提議。

「好啊。」

我跟著他走過幾條街，行經公園入口處時，差點被沒拴繩的黃金獵犬撲倒。

李榆安見狀，扶了我一把，「沒事吧？」

「沒事。」我笑著搖頭。

狗主人跑來拉住仍然在我腳邊轉著圈、想和我玩的小傢伙，彎身拴繩後，連忙道歉：「不好意思、不好意思！」

「沒關係。」我擺擺手，要對方別介意。

這場意外插曲，讓我想起高中時，某次我在體育課上扭到腳，硬撐到放學後才纏著李榆安，要他背我回家的事。那時候，我們在路上也遇到一隻黃金獵犬，只是牠的體型更龐大，一個勁地朝我們撲來，害李榆安險些站不穩，我和他差點就要一起跌倒。

我們走到公園的長椅坐下，李榆安沉默了一會兒，好不容易開口，卻只是不著邊際地說：「今年冬天有點冷。」

我低頭笑了笑，咬著唇深呼吸，主動開口：「你是想跟我聊那天的事？」

他頓了一下，點點頭，「我想知道妳的想法。」

「你想知道什麼？」坦白說，他那天應該不算告白。

「織光，我一直都喜歡妳。」他抬手揉了揉脖子，嘆了口氣，「即便我不擅長表達，但我以為妳感覺得出來，卻不曾想，妳其實比我還遲鈍。」

「鯉魚，我沒談過戀愛。」身為一個母胎單身的人，對感情遲鈍點，難道不是很正常的嗎？

「我不也是嗎？」他反駁。

我的嘴巴開開合合的，欲言又止，猶豫著該不該提起過往。

李榆安看出我的不自然，沉下嗓音，眉間透著一絲焦躁，「織光，妳到底想說什麼？」

「你還記得高三那年，我趴在教室的課桌上睡著了，醒來後看見你逼近的臉龐，當時我迷迷糊糊的，還以爲你會親我，結果等了半天，迎來的卻只有尷尬。」我邊觀察他的反應，邊繼續說：「你那時不是說，『好怪』嗎？然後就笑著退開了。我以爲我們那個時候，就已經達成『這輩子就只能當朋友了』的共識。」

「但我現在不這麼想了，人都是會變的。」我感受到李榆安前所未有的認眞。「我吃梁熙的醋，而且我一直都不喜歡有男生跟妳告白，我以爲那些都只是身爲朋友的忌妒心，直到最近我漸漸發現，是我太遲鈍了，織光，妳不只是我的初戀，妳是我喜歡了很久的人，我喜歡妳。」

拒絕李榆安遠比拒絕高閔星要難得多，因爲他是我的好朋友，我不希望有任何事情，影響我們的友誼，所以必須小心處理。

我低垂眼簾，思索了一會兒，「李榆安，你知道我爲什麼總是叫你『鯉魚』嗎？」

「妳說過，因爲我長得跟鯉魚很像。」

「呵……你相信我的鬼話？」他竟然把我的胡言亂語當眞了。

他無奈地笑了笑，「怎麼可能。」

「我叫你『鯉魚』，是因爲沒有人會這麼叫你，只有我。」這是我從前，未曾和他說過的心裡話。

他望著我，眼底的驚訝一閃而逝。

「我想成爲特別的那一個，紀念我們得來不易的友誼。」我輕聲自嘲：「畢竟，在遇見你之前，我從未有過眞正的朋友。」

李榆安靜靜聽著，神情變得有些落寞，我想，他應該是猜到我接下來要說的話了。

「對我而言，任何人都無法取代你在我心中的份量，你是我不可或缺的好朋友、好夥伴，你很重要。」我壓下心中的不忍與心軟，堅定地道：「但，也僅止於此。」把話講清楚，才能將傷害降到最低，也才對得起這份友誼，「或許你會覺得我這麼說很殘忍，但我從來不曾對你動心過，更沒有對你產生過除了朋友之外的感情。」

我不能給他任何機會，更不能讓他心裡存有期待，因爲我們是好朋友。「我說的這些，你能明白嗎？」

幾句簡短的話，我卻必須鼓足十二萬分的勇氣才說得出口，這是無以回報他心意的我，唯一能爲他做的，勇敢面對他的感情，陪他共同承擔失落。

若他最後決定必須和我保持一段距離，或花費一些時間來平復心情，我也能理解。

窒息般的沉默在空氣中蔓延，等待李榆安開口的每分每秒，都令我倍感煎熬，短短幾分鐘，卻像是過了幾個鐘頭。

「其實，我早就知道了。」李榆安再度開口時，臉上的神情多了一抹釋然，「我早就知道，妳對我沒有除了朋友以外的感情。」

「那你爲什麼……」

「因爲我不想把我的喜歡，一直藏在友情之下。」他抬起頭，吁出一口氣，然後淺淺地泛開微笑，「喜歡上自己的好朋友，眞的很矛盾，有時候希望能更進一步，有時候又覺得……這樣就很好，該知足了，畢竟，我很清楚，妳並不喜歡我。」

「鯉魚……」

李榆安一雙眼似是要將我看穿地望著我，「妳喜歡梁熙，對吧？」見我不答腔，他接著說：「妳看他的眼神不一樣。」

「哪裡不一樣？」

「妳對多數人說話的時候，眼神平靜，雖然在笑，卻隱約帶著界線和疏離，不過大多數的人都沒有發現，因爲這些，總是會被妳溫柔的聲音及言語掩蓋；和朋友們相處時的妳，即便充滿活力，笑容也誠懇，但多了份保留和謹愼；在面對我的時候，妳可以眞實地做自己，表現自己眞正的情緒，不過那也只是因爲，妳把我當成親近的朋友。然而，妳對梁熙卻不同，在他面前，妳依然是在做自己，卻多了羞澀，多了對他的好奇，也多了份依賴。」

我在梁熙面前，眞的有像他說的這樣嗎？若依他所言，我是喜歡梁熙的，那通常得知心儀的對象可能也喜歡自己，不是應該會很開心，巴不得立刻回應，和對方交往嗎？但爲何我聽到梁熙說那些曖昧的話時，只想著要逃避呢？

「妳在想什麼？難道我說錯了嗎？」

我扭著手指，「……我也不知道。」

「初戀，本來就是懵懵懂懂的，之所以茫然，是因爲妳並不熟悉這種感覺。」他淡淡地說，一副過來人的模樣。

「或許吧。」我聳聳肩。

李榆安將手放到我的頭頂，親暱地揉了揉，「如果你們能在一起，也好。」

「爲什麼？」

「妳看著他的時候，眼裡有光，這是無論我們的友誼多深、認識多少年，我都無法帶給妳的，而且……」

「而且什麼？」

「而且我私下和盧巧縈打探過，梁熙這個人，應該信得過。」他笑了笑，把手從我的頭上拿開。

「你跟他又不熟，單憑巧縈的片面之詞，你就相信喔？」

「男人看男人的眼光滿準的，值得當作參考依據。」他說得頗有自信。

「把我讓給他，你捨得嗎？」我皮在癢，故意問道。

「趙織光，我看妳是欠揍吧？」李榆安雙手插進褲兜裡，邁開步伐走出公園。

我三步併作兩步追到他身邊，鬧著要他給個說法，一不留神，差點跌倒。

李榆安扶住我，臉上的神情如舊，都是一副拿我沒轍的樣子，說道：「到底要不要好好走路？」

沿途我們打打鬧鬧、說說笑笑地走回我家，原來今晚，爸媽有邀請李榆安來我們家吃飯。

我望著他的背影，在心中對夕陽許願，願我們的友誼長存。

✦

拿梁熙當拒絕高閔星的擋箭牌，是一個非常不明智的決定。

幾天後，「趙織光喜歡梁熙被證實」的消息甚囂塵上，被傳得學校裡人盡皆知。

高閔星的臉皮比我想像得更厚，他先是無中生有地說，自己曾和我有過一段曖昧，又說之所以被拒絕，都是因爲梁熙的介入，在這看臉與外在條件勝於一切的時代，輸給校園男神，他雖敗猶榮，最後不忘拐著彎地罵我膚淺。

這時候，梁熙的態度就尤其重要了。支持我和梁熙在一起的人很少，多數人都希望男神可以保持單身，畢竟男主角是大家的。

大家都在等梁熙表態，但他……

他自從那天在電話上說完曖昧的話後，就沒再提過了，害我不禁懷疑，那只是一場美麗的誤會。

「妳在想什麼？」梁熙修長的指掌，捧著看到一半的書，似笑非笑地將視線落在我身上。

看著他的臉龐，我心虛地回應：「在、在想報告的事。」

「喔？」他笑了一聲，將視線移回書本上，「是嗎？」

「對啊！不然呢？」我提高音量，用力地點了點頭。

梁熙今天來到我家裡，和我一起準備期末要上台發表的專題，我依照討論好的方向製作簡報，但進度從半小時前就嚴重落後，因爲我總是忍不住盯著眼前這張絕美的臉蛋心不在焉。

我看向筆電螢幕，搖動滑鼠點了幾下裝忙，「快好了。」

梁熙忽然闔起書本，伸手將我的筆電螢幕也蓋上，「休息一會兒吧。」

每次被發現走神，他都會要求我休息，是覺得既然無法集中精神，就乾脆別做，不要浪費時間是嗎？

「你想吃點什麼嗎？水果？」

「怎麼？又想逃跑嗎？」梁熙看著我，神色冷淡。

「這裡是我家，我幹麼逃跑？」話雖如此，但我回覆的口氣卻十分地慫。

他優雅地翹腳，雙手交握疊在腿上，微微勾起唇角，教人毫無心理準備地問：「高閔星的事，妳不打算解釋？」

「解釋什麼？」我不敢直視他的目光，別開了頭。

梁熙沉默了一會兒，「所以是眞的。」

「什麼眞的假的？」沒等他說明，我便心急地自亂陣腳，「那個我跟你說，關、關於我跟他說我喜歡你的事，那是因爲——」

「你們曖昧過？」

我噤聲，怔怔地瞪大了眼，「……啊？」

「他說，你們之前曖昧過，但因爲我的出現，所以妨礙你們發展了。」

「他什麼時候跟你說的？」

「某天在路上遇見時，他直接跟我說的。」

「你信了？」不會吧？他不是智商挺高的嗎？這種話也會信？

「我在問妳啊。」

「你能不能……用點腦子……」不是我要嗆他，但聰明一世的人，怎麼在這件事上，如此沒判斷力？

「沒辦法。」梁熙雙手抱在胸前，搖了搖頭。

「哪個部分？」

「只要是關於妳的事，我都沒辦法理性思考。」

「梁先生，你這又是在鬧哪一齣？」

或許是聽見這聲稱謂，梁熙笑了，笑得有些刺眼，「因爲妳喜歡我，所以我才沒辦法理性思考。」

「我那、那那那是……權宜之計，而且……」我差點沒從椅子上激動地跳起來，我顫抖著聲，指著他道：「不、不是應該是你、你喜歡我嗎？」

見梁熙笑得毫不收斂，我才驚覺自己落入了他的套路。

「嗯，喜歡。」

沒給我時間做心理準備，也沒有儀式感，更沒有緊張的開場白，他一點誠意也沒有地順著我的話說。

「你這樣……會不會太隨便了？」

他快步走了過來，兩手撐在椅子扶手上，傾身將我圈在椅子和他之間，說道：「不然，我現在告白？」

見我僵著身子不敢有所反應，他似乎準備再次出擊，我摀著胸口趕緊打斷他：「還是別說了！」

我怕心臟承受不住啊！況且，我都還沒想好該怎麼答覆，就要他告白，豈不是搬石頭砸自己的腳，自找麻煩嗎？

梁熙壓低上身，他的氣息輕掃過我的臉龐，曖昧的氛圍讓體溫跟著逐漸上升，令我口乾舌燥，動也不敢動，「梁熙，你到底想幹麼？」

「妳跟高閔星眞的沒什麼？」

「跟他曖昧，還不如跟李榆安曖昧好嗎？」經過這整件事後，我總算是見識到高閔星無恥起來，可以多不要臉。

「妳再說一遍？」梁熙的臉色平靜，卻讓我不敢再多說話招惹他。

我用力搖頭，嘴巴閉得死緊。

許是我慌張的模樣逗樂了梁熙，他忍不住笑了出來，問道：「那我呢？」

低沉悅耳的嗓音，在我的心底掀起波瀾。我的心臟撲通撲通地鼓譟，彷彿全身上下每個細胞都能感覺得到。

深怕被他發現我的少女情懷，我伸手抵住他的肩膀，身體向後，稍微拉開了距離，嚥了口口水道：「你什麼你？」

「拿我當擋箭牌很貴的。」梁熙挑眉，笑得放肆。

「跟你學的……」

「嗯。」他輕輕應聲，嘴角上揚，該死的迷人。「學壞了。」

梁熙退開後，我才得以大口地呼吸。我半摀著唇，一對上他的目光，一顆心幾乎要遺落在他隨著燈光映照，透出琥珀色的眼眸。

他看著我發愣的模樣，伸手揉了揉我的髮頂，自戀地說：「我有這麼好看？」

當然好看了，多麼優秀的一個男人啊。

「梁熙，你以前不是這樣的……」以前的他多高冷啊，目空一切的樣子，對誰都保持著距離，現在卻張口就撩人，還會花時間安慰我、照顧我，「我覺得你變了，爲什麼？」

他想了想後，說道：「大概是因爲……妳吧。」

「我有什麼好……」我垂下頭，低語道。

「趙織光，妳或許會覺得一直以來，我都在找妳麻煩，但其實不是的，我只是想認識妳……所有面貌的妳。」他輕聲說著，「因爲我覺得，某部分的我們是一樣的。」

梁熙很少和別人解釋自己的行爲，但他現在，向我敞開了心門。

「哪裡一樣？」

「一樣不夠喜歡自己。」

「你……不是應該很有自信嗎？」再讓人羨慕的人……居然也會有自卑的時候。

他一笑置之，抿了下唇。

我知道這是他不想回答時的表現，於是識相地改口：「那和我變熟了之後，你失望嗎？」

梁熙溫柔地微笑，「不。」

我望著他的雙眼，久久無法言語，儘管想過順著話題繼續說些什麼，卻又覺得那些都不重要了。

半晌後，他說：「下週，我們去約會吧。」

我們都還沒確立關係，「約會」這詞能這麼用的嗎？

梁熙幾乎沒給我考慮的時間，又道：「不願意就算了。」

「誰說我不願意的！」著急地回覆後，我看見他臉上綻開的笑容，就知道自己又被他牽著鼻子走了。

原來這就是喜歡嗎？

因爲喜歡他，所以即便從來都沒贏過，也無所謂。

第八章　一段好的愛情

在遇見了你以後，其他人都只是將就。

「妳到底喜不喜歡梁熙啊？」童允樂問道。

「我……」

「妳不要又給我來『我不知道』那一套喔！」她用食指點了點桌面，瞇起眼，「我要的是答案。」

我悄悄嘆了口氣，不是我愛擺高姿態，而是我真的對這樣的情感很陌生，「妳們覺得，怎樣才算喜歡一個人啊？」

童允樂托腮，「我覺得喜歡一個人，妳會眼裡有光，只要是和他在一起，做什麼都值得期待，哪怕什麼也不做，只是靜靜地待在一起，也很開心。」

花花也發表想法：「喜歡一個人的時候，會讓人變得很勇敢，就好像有爲了他對抗全世界的勇氣，無所畏懼。」

「哎，每個人對於喜歡一個人的定義都不同啊，妳應該問問妳自己的心是怎麼想的。」童允樂抓起我的手，按在我的胸口，「因爲妳的『心』會給出答案的。」

這陣子我一直在思考，我和梁熙，究竟是怎麼發展到現在這個地步的？

一開始，我因爲他樣樣都比我強，搶走我的風采又無視我的存在而討厭他，接著，我得知他發現我的祕密，並試圖以此威脅我而討厭他，然而漸漸的，我感覺自己好像沒那麼討厭他了，甚至偶爾還會因爲他的一些舉動而小鹿亂撞，後來，他的喜歡讓我不知所措，卻又同時感到欣喜，直至現在，我們有了第一次的約會……

「等很久了嗎？」

熟悉的低沉嗓音自背後傳來，站在屋簷下的我收起思緒回首，眼前耀眼的男人，令我幾乎難以直視。

梁熙直直地朝我走來，傾身靠向我，撲鼻而來的，是古龍水的香味。我偷偷打量他的穿著，他穿著淺藍色的休閒襯衫，將袖口捲到手肘處，下擺紮進深色的休閒九分褲裡，襯出他優秀的身材比例。

我不著痕跡地退後一步，微微喘口氣，抬眼看了他一秒，要死了，那笑容實在太有殺傷力……

冷靜、冷靜一點，大家都這麼熟了，我不可以看起來太飢渴，這畢竟是在外面，該注意的形象還是要注意，「沒有，是我早到了。」

都怪自己太不爭氣，明明想矜持點，最後卻因爲過於緊張而提前出門。

梁熙興致盎然地看著我，說道：「我們進去吧。」

跟著他進入店家時，我瞄了一眼招牌——有間咖啡店。

這間店很有名，我以前就有所耳聞，在得知梁熙約在這裡之後，我更是好奇地上網做了些功課，了解了一下這間店的評價及資訊。

這間店占地約六十坪，左右兩邊是五層樓高的透天住宅。雖然擁有寬敞的店面坪數，但它僅有一層樓，並特別做了挑高的設計。

它的外觀有點像玻璃屋，全透視的門面、明亮乾淨的玻璃拉門，還有三大面的落地窗。店內的裝潢擺設，更是令人眼睛爲之一亮，杏色的木質地板、白色的裸磚牆，往上一看，是運用枕木裝飾的天花板，上面垂墜著兩盞以藤蔓植物爲基底的大型燈具，左右兩邊吊著幾盞可愛的掛飾燈，白、黃燈光交錯，將室內襯得既明亮又柔和。與裝潢色調搭配得宜的淺色原木座椅、桌腳柱，配上典雅的大理石桌面，更添質感。

牆壁上掛著幾幅以愛情海爲主題的攝影作品，聽說那是老闆出國旅遊時，特地帶回的珍藏。

店內將雙人座位和多人座位分區設置，並設有吧檯座位，那兒擺放了三張高腳靠背椅，還擁有絕佳風景，能看到老闆足以媲美明星般的帥氣臉蛋，以及他沖泡咖啡時，舉手投足間的迷人風采。

除此之外，吧檯側邊的嵌入式四層玻璃櫃，也是多數客人上門時，會優先造訪的區域。裡面擺放了經常不到半日便會銷售一空、各式各樣的每日限定甜點。

其中，「藍色佛朗明哥」和「仲夏圓舞曲」是店內最熱銷的招牌甜點，不僅造型搶眼，適合拍照上傳社群，甜而不膩的細緻口感，搭配老闆的特調咖啡，堪稱一絕。

最後，在店的深處，有一大面的白色幾何書櫃。各式書籍被分門別類、整齊排列，供客人免費閱讀。而牆的兩側，各有一扇推式木門，右邊是小廚房，左邊是乾淨的衛生間，僅供店內客人使用。

「有間咖啡店」並沒有特別進行行銷宣傳，平日裡排隊等著上門的客人，早已讓老闆及員工們應接不暇。這裡不僅深受在地人喜愛，就連外籍旅客，也都慕名而來。此刻正值下午茶的尖峰時段，店內高朋滿座。這間店採取預約制，只招待有預約的客人，不太接受現場候位，重點是，超難預約！

我拉拉梁熙的衣角，低聲問：「你怎麼預約到這間店的？」

他沒回答，眼中含笑地掃了我一眼，轉頭迎上正朝我們走來，態度親切的陽光男店員，「你好。」

「請問有預約嗎？」

「有，梁先生，兩位。」

男店員看了看手中的預約表，和我們核對手機末三碼後，禮貌地招呼：「兩位這邊請。」

「你到底什麼時候預約的？」我追問。

「上週。」

「上週？怎麼可能……」聽說這間店，至少要一個多月前訂位才有機會。

「坐吧。」梁熙紳士地拉開座椅，讓我先入座，接著才坐進我對面的位子。

「想好要點什麼的時候，請隨時叫我。」店員將菜單遞給我們後，就忙著去招呼其他客人了。

咖啡我只喝拿鐵，至於甜點嘛……

我看著菜單上一排的甜點名稱，再朝不遠處的玻璃櫃望去，可惜招牌蛋糕都已經售罄了。

「想點哪個？」

我指著玻璃櫃內僅存的兩款甜點，詢問他的意見：「梁熙，你覺得哪一個看起來比較好吃？」

「都點吧。」他輕笑。

「不行！」我搖頭，「兩個都吃太胖了！還是你也想吃？」

「我不吃甜食。」

「那只能選一個。」

「都點吧。」梁熙仍是那句話。他得知我要喝哪款咖啡之後，便直接請店員過來點餐了。

點完餐，我向他抱怨：「你還真的都點了啊！我不能吃這麼多，我要維持身材。」

當美女很辛苦，維持體態是最基本的。

「妳太瘦了。」

他的回話使我愣了愣。

「妳暈倒那次，是我抱妳回家的。」他揚起眉，「忘了嗎？」

我閉起嘴巴搖頭。沒忘，怎麼敢忘呢……我乾笑兩聲，「大恩大德，沒齒難忘。」

與此同時，吧檯的方向突然傳出一對男女鬥嘴的聲音，吸引了我的注意。

帥氣的高個兒男人邊熟練地煮著咖啡，邊道：「楊茗寶，妳過來。」
「幹麼？」相貌甜美的女人心不甘情不願地走過去，沒好氣地回應。
「去擦桌子。」男人隨手丟出一塊抹布。
「我不要！」
「工作半天，我會算時薪給妳。」
「謝謝你喔！」女人笑得美艷動人，不情願地「嘖」了一聲後，還是乖乖地去擦桌子了。
「擦乾淨。」男人叮囑道。
女人回頭瞪了他一眼，嬌嗔道：「少囉唆。」
許是見我一直往吧檯的方向看，梁熙問：「怎麼了？」
「你看啊，那個長得很漂亮，在擦桌子的女人，應該喜歡在吧檯煮咖啡的那個男人吧……」我朝梁熙靠過去，和他分享自己的觀察。
「嗯，他們是情侶。」
「你怎麼知道？」我感到訝異。
「那男人的嘴巴雖然毒，但看著女人的眼神卻十分溫柔。」
「你發現的？」
梁熙輕輕應了聲，轉頭向爲我們送餐的店員致謝：「謝謝。」
「餐點都到齊了，請慢用。」
爲我放好蛋糕叉，他見我沉默，便問：「怎麼了？」

「沒什麼。」我笑了笑，將視線移往蛋糕，伸手轉動了一下盤子，發現這兩款蛋糕真的好精緻，顏色飽和、香氣四溢，肯定美味。

梁熙瞅著我，嘴角輕揚。

「你笑什麼？」該不會我對著蛋糕流口水了吧？我摸了一下嘴角，嗯？沒有啊……

他端起咖啡，唇抵著杯緣，輕聲笑道：「吃吧。」

「黑咖啡苦，你配點蛋糕吧。」我將蛋糕叉拿給他，卻直接被他拒絕。

不領情就算了，我自己吃。

轉動著叉柄，我思考了一會兒，決定先從綠色款的蛋糕下手。

我切了一小塊蛋糕品嘗，鬆軟的口感帶著鐵觀音茶葉磨成的細小粒末，入口時，鐵觀音獨特的香氣充斥味蕾，竄入鼻息，順口且帶有茶香的鮮奶油夾層，讓人即便吃多了也不會感到甜膩負擔。

真好吃！我心滿意足地瞇起眼睛。

此等美食，獨樂樂不如眾樂樂，我刮了一小塊，沒多想便送到梁熙嘴邊，「吃吃看嘛，別掃興。」

梁熙看了我一眼，遲疑了幾秒，才緩緩張口品嘗。

「好吃嗎？」我迫不及待地問。

「嗯。」

「你看吧！」我一邊笑著，一邊下意識地想要把叉子上頭的奶油含進嘴裡時，忽然一愣。

等等！他用了我的叉子……

「對不起，我沒注意到……」我尷尬又害羞地別過眼。

「沒關係。」梁熙莞爾一笑。

他從容的模樣，讓我有些懊惱自己的小題大作，同時覺得自己在他眼裡是不是根本沒什麼魅力。我沉浸在複雜的思緒裡，一時沒留意他說了什麼。

「趙織光？」他以指節敲了敲桌面，「在想什麼？」

「嗯？什麼？」我回過神，眨了眨眼問。

「我剛剛問妳，喜不喜歡這裡？」

「喜歡啊，當然喜歡。」拍照打卡的話，同學們肯定羨慕死，這裡可是超級網紅名店呢！

「那就好。」

「但你……怎麼會想帶我來咖啡店啊？」

梁熙握著咖啡杯的食指輕點杯緣，靜默了片刻才說：「我第一次和女孩子約會，約會該做些什麼對我而言是很陌生的，所以……」

他這麼坦白，反倒令我慌張了，但自己先開的話題，得自行收拾殘局。我微笑道：「這裡很好。」

「是嗎？」他抬眼。

這不經意的瞬間，讓我的心臟漏跳了一拍，臉頰微微發熱。

爲了不讓梁熙察覺我的心思，我迅速地移開目光，此時才突然發現，店內有幾桌的女孩子除了偷看吧檯的帥哥之外，視線也時不時投向我們這一桌，應該是因為梁熙長得帥吧？

也是，面對梁熙好看的臉蛋，別說她們了，就連已經看習慣的我，偶爾都會招架不住……

剛才在吧檯和男人鬥嘴，名為楊茗寶的漂亮女人，朝我們走來，為我們加水，見到梁熙時，眼睛為之一亮，「哇，妹妹妳的男朋友長得好帥呀！」

我的臉頰燒得更燙了，猛搖雙手澄清，但似乎沒什麼用。

「別害羞嘛！有這麼帥的男朋友還怕被別人知道呀？」

我抬起頭，看到在吧檯工作的男人眼中閃過一絲詭譎，接著他默默地走到楊茗寶的身旁，似笑非笑地道：「妳對我表弟還滿意嗎？」

「表、表表表弟？」楊茗寶錯愕地來回看著他們。

相較於她的震驚，我就表現得冷靜多了，畢竟裝模作樣、處變不驚是我的專長嘛。

「牟毓鵬，我表哥。」梁熙淡淡地開口介紹。

這家人簡直神基因，老天真不公平！

「那個……我想到我還有事情要忙……」楊茗寶趕緊逃離現場。

牟毓鵬的視線，追著她離去的背影，爾後緩慢地勾起嘴角，那腹黑的笑容我再熟悉不過了。

牟毓鵬並未過問我和梁熙的關係，離去前只道：「今天的餐點，我招待。」

他們這對表兄弟的個性還真像，都不愛多管閒事。

「謝謝。」

「客氣了。」

直到他們結束客套，我仍有些反應不過來。

「他是你表哥，那你剛剛還……」裝得一副很陌生的樣子，跟我分析什麼男人女人的。

「所以你是因爲這樣，才訂到位的？」

「我們確實不熟。」頓了頓，梁熙又補充：「也不親。」

這人良心是被狗啃了吧？

「你表哥說桌上這些餐點都由他招待欸，對你這麼好，還不親？」

「這樣就算親了嗎？」他不以爲然。

我搖搖頭，懶得跟他爭辯，「原來你早就知道他們是男女朋友了喔？」

「我不知道。」

這漠不關心的態度，跟他表哥剛才的模樣幾乎如出一轍。

我切了一口蛋糕送進嘴巴，想起楊茗寶方才的話，頓時害羞地問：「那……我們看起來像情侶嗎？」

梁熙輕笑出聲，拿起桌上的餐巾紙，溫柔地伸手替我擦了擦嘴角，「嗯，現在像了。」

「我的嘴怎麼了？」

「沾到奶油。」

我微微啟唇，與他對望了一陣後，斂下目光，膽怯地問道：「你不會對其他女生也這樣吧？」

「不會。」

「為什麼？」

面對我的疑問，梁熙嘴角的笑意漸深，「我只會對妳如此。」

離開咖啡店後，我們到附近熱鬧的商圈逛了一會，冬日的夕陽沉得快，才五點多，天色便已昏暗。

因為梁熙晚點家裡有事，所以我們不會一起吃晚餐。

送我回家的路上，我們緩慢地並肩而行，自在地說話。

「趙織光，我記得妳曾經問我，知不知道什麼是喜歡，有沒有喜歡過人。」

「嗯？」我問過嗎？其實我已經不記得了……

「現在我有答案了。」

「什麼？」

「妳，就是我的答案。」他的眼底有光，光裡倒映著我的身影。

我目不轉睛地看著他，心中漲滿難以言喻的情緒，世間的一切似乎停止轉動，唯獨心跳聲這般地清晰。

如果這就是愛情，那我想……我一定是很喜歡、很喜歡他吧。

只是，我還來不及把這份心意告訴他，一件預料之外、令人猝不及防的事，就先發生了……

✦

倘若有人問我，這幾年最後悔的一件事情是什麼？

我想，可能是我一直以來都活得不瀟灑，沒能忠於自己，爲了那不堪一擊的虛榮心，每天都過著如履薄冰的生活。

不過，即便如此，我仍然會感到慶幸，因爲如果我沒有變成現在這個樣子，或許就不會遇見李榆安，也不會認識梁熙了……

期末考結束的傍晚，學校論壇上，一則匿名發布的貼文引發熱議。

我早上考完最後一科考試後就開始放寒假，和梁熙在學校附近的一間複合式書店待了一整個下午，因此沒有馬上受到貼文的波及。

事情發生的當下，班上的聊天群組不斷跳出新的訊息，我原本不以爲然，直到花花傳了貼文連結給我，並捎來一句話：「織光，這眞的是妳嗎？」

我點開連結，錯愕不已地看著貼文斗大的標題寫著——系花形象崩壞！表裡不一的驚人眞相。

內文不多，卻有幾張我在家的醜照，還有幾張我和李榆安的對話紀錄截圖。

裡面有我和李榆安抱怨幾位討人厭的同學的對話、熬夜讀書時的碎念、我因氣不過高閔星惡意造謠，而罵他是沙文豬的部分，諸如此類，不利於我的聊天紀錄，出現在貼文裡，而李榆安的名字被刻意抹掉了，所以截圖裡，只顯示了我的名字。

貼文底下不斷新增的留言，讓這則貼文的熱門度居高不下。

花花傳了其中一張截圖給我，裡頭的內容，是我和李榆安在討論她和童允樂究竟是不是我眞正的好朋友，然而，因爲截圖者單獨截取了某段針對性的內容，導致旁人看下來，會誤會我對她們別有用心，和她們只是泛泛之交。

所以，身爲當事者之一的花花也不例外地誤會了。

我心急如焚地用LINE打給她，但她不肯接，僅以文字回覆：「我需要冷靜一下。」

沒多久，高閔星也發來訊息，落井下石：「趙織光，我眞是大開眼界啊，沒想到眞實的妳竟然會是這樣的。好險我被妳拒絕了，妳這樣的女人我眞是承受不起。」

我眞是後悔當初拒絕他時，沒把話說得太狠，還給他留足了顏面。

點開班級群組，同學們在我的素顏照下，連續發了好幾張表情震驚的動態貼圖，直呼不敢相信。

他們有的揶揄、有的撻伐，有的表達失望之情，彷彿當我不在這個群組似的。

他們說，我不配擁有室設系系花的頭銜，應該改叫「笑花」才對，說我是表裡不一的綠茶，童允樂和花花實在可憐，還說，我沒資格待在梁熙身邊，就連把我們的名字排在一起，都是在降低男神的格調。

我原本以爲，當這天到來，當我看著這些無止盡的謾罵，我會有如世界末日到來般地崩潰。

然而此刻的我，卻比想像中冷靜，甚至莫名的有種終於能喘口氣的感覺。

許是見我的舉止不對勁，梁熙放下手中的書，問道：「怎麼了？」

「你還不知道吧……」我簡單地向他說明目前的狀況。

聽完，他只是問：「還好嗎？」

沒有過多的關心言語，如同他以往的風格。

「該來的總是會來。」我笑得諷刺，「我是不是應該慶幸現在已經開始放寒假了，希望這場風波過兩個月後，能平息一些。」

梁熙思忖半晌，「那妳現在有什麼想法嗎？」

「我是不是應該感到難過？」話落，我隨即擺出了一個比哭臉還要難看的怪表情。

「哭並不能解決問題。」梁熙目光低垂，理性地道。

這種時候，他不是應該要說「想哭就到我懷裡來」之類的話嗎？

不過，他會有這樣的直男反應，我倒也不是很意外……

「我看了貼文，會有那些照片的人，只有一個。」

「李榆安嗎？」

「你怎麼知道？」

「合理判斷。」

我嘆了口氣，點點頭。

「李榆安不像是會做這種事的人。」

「我知道。」李榆安的爲人，我再清楚不過了，而我們的友誼，也容不得別人以惡意的手段動搖。

「放心，事情會解決的。」梁熙潔淨修長的指掌，握住我置於桌上發涼的手。

「事不關己，你當然說得輕鬆，不接電話、不聽解釋的，又不是你朋友。」我掙脫他的捉握。心情五味雜陳，有些遷怒於他，「你還是跟我保持距離吧，免得遭殃。」

本來反對我們在一起的女粉絲就多，現在她們知道了我的眞面目，肯定會更加反彈，萬一她們藉機挾怨報復，讓事情變得更複雜怎麼辦？

我現在無疑是站在風口浪尖上的人了，還是隨時都有可能會被推下懸崖，萬劫不復的那種⋯⋯

「我們之間的事，和其他人有什麼關係？」

「我現在沒空思考我們之間的事。」我撐著額頭，覺得太陽穴隱隱抽痛。

「妳就這麼在意那些虛有其表的東西嗎？」

「我配不上你。」我賭氣地道。

「趙織光，妳看著我。」

我抬頭對上梁熙嚴肅的神情，不禁在心底嘀咕，都這個時候了，他難道還要跟我說教嗎？

「妳現在在想什麼？」

「沒想什麼。」

「想著怎麼挽回名聲？」

「不是。」我的情緒像被點了火，說話的語氣自然也不好，「但事情現在就是發生了，我難道沒資格心情差嗎？難道還要裝作若無其事，繼續笑笑地跟你培養感情嗎？梁熙，你能不能將心比心一點？」我越說越口無遮攔，「也是，你怎麼可能會懂？你又高又帥，還有顆高智商的腦袋，就算個性冷淡，也依然受大家歡迎，你活在與生俱來的光環之中，根本無法體會我的心情。」

梁熙向來是個不易顯露情緒的人，但此刻，我卻能明確感覺到他沉默裡帶著的負面情緒。

說出口的話，如覆水難收，儘管自知失言，也已經無法挽回了。

言語是雙面刃，它能帶給人溫暖和力量，也能摧毀人的意志，我明明知道有些話不能說，也曾看過他在我面前示弱，可我仍然……

或許，是因爲我內心深處渴望得到他的安慰，我想他說些好聽的話哄我，但他卻沒有這麼做，所以，我便氣得想往他的痛處踩。

現在倒好，把人惹毛了，我慫得一句話都不敢多說，一個勁地低頭喝飲料。

梁熙收拾完東西，逕自起身，「走吧。」

他眞的生氣了……

「你要去哪裡？」我拉住他的衣角。

「送妳回家。」

剛回到家，我就頻頻接收到老媽和姸光投來的關愛眼神。

見她們一副欲言又止的模樣，我嘆了口氣，問道：「怎麼了？」

「李榆安在妳房間。」

我愣了一下。雖然我知道遲早要面對這件事，但沒想到會來得這麼快。

我相信李榆安，可對於要找他問清楚整件事的來龍去脈，我多少還是有些緊張，甚至感到有些排斥，所以才會在事發的第一時間，選擇不接他的電話和不讀訊息。

我迅速掃了一眼老媽和妍光的表情，「妳們都知道了？」

「只聽了個大概。」老媽說。

我拖著步伐轉身往樓梯移動，妍光追了過來，二話不說地從我身後抱住我，語氣悶悶的，「姊，妳還好吧？」

「怎麼了？」

「下午的時候，榆安哥傳訊息給我，找妳找得很急。」她探出頭來，仔細地觀察我的反應，接著說：「他說妳都沒回他訊息和電話。」

「嗯……」我淡淡應聲。

「你們還好嗎？」

「會沒事的。」

「無論發生什麼事，我都會在妳身邊。」妍光握住我的手。

「好。」我牽起微笑，按了一下她的肩膀。

我上樓，往我的房間走去。

房間門開著，李榆安坐在書桌椅上，神色凝重，連我進房間了他都沒發現。

我關起房門，發出「喀」的一聲，他才終於回神，轉過頭來面向我。

「織光，對不起。」

李榆安開口的瞬間，不知為何，我的眼眶發熱，而他看上去亦是。
我的心裡有著許多疑惑，卻無從開口，只好等他先向我解釋。
李榆安垂著頭，須臾，嗓音乾澀地緩緩說道：「前幾天，我的手機無法順利解鎖，我想著等考完期末再拿去送修，所以就取消了鎖定功能。昨天，我把手機忘在籃球場，被別系的同學撿到了，他今天中午才還給我。」
「所以……那篇貼文是那位同學發布的嗎？」
「他說不是。」
「手機是他撿到的，不是他還會有誰？」我才不相信。
「我們沒有證據。」
「他有把手機給其他人看過嗎？」
「我不知道。」李榆安搖頭，「就算有，我想他也不會承認。」
我皺眉，氣惱地握拳，「鯉魚，我不甘心，難道我就只能這麼算了嗎？」
即便我有錯在先，但發文者隨意地揭人隱私，就做對了嗎？
李榆安走向我，一臉愧疚地握住我的拳頭，「對不起。」
「我之前就說過，叫你把照片刪掉。」那些照片，是我們在家打鬧時亂拍的，他還曾戲謔地說要把我的醜照拿去驅魔避邪，孰料當時的不以為意，如今會變成揭露我的證據。我想了想，不禁苦笑，「但就算沒有那些照片，也還有我們聊天的對話紀錄……」
這世界果然沒有永遠的祕密。
「都是我的錯。」李榆安自責不已，「織光……我真的不知道該怎麼面對妳。妳可以對我發火、罵我、打我都可以……」

看著垂頭喪氣的李榆安，我忽然感到一陣無法抑制的鼻酸。

我抬手迅速抹掉懸在眼眶的淚，不想被李榆安發現，可我的舉動，仍是落入他的餘光之中。

李榆安抱住我，把臉埋在我的頸邊，哽咽低語：「織光，對不起、對不起、對不起……無論如何，我都會陪妳一起面對。」

其實我知道，這天遲早會來。

這些年，我透過僞裝出來的形象，收穫了朋友，得到掌聲及目光，填補了內心的寂寞荒蕪，與此同時，我卻依然能保有眞實的一面，這世界上總有那麼一個地方，能讓我肆意地做自己，那全是因爲，我有愛我的家人和李榆安。

我曾經覺得，這便足矣，這樣的我很好，卻逐漸忘了，安於現況，從來都不是我的本心——我希望大家能接受眞正的我。

而這個埋藏於深處的念頭，在遇到梁熙後，被一點一滴扒了出來。

起先，我排斥他、抗拒他，甚至討厭他，直到後來，他向我伸出手，告訴我，無論我是什麼樣子，他都喜歡。這令我變得貪婪了起來，經常偷偷地想著，如果一個那麼完美的人，都能接受我最眞實的模樣，那我身邊的好友、同學們爲什麼不行？

如今事情被揭穿，我既不特別崩潰，也不遺憾，反而產生了既期待又害怕受傷害的感受。

未來，大家會接受我眞實的樣子嗎？

「織光，妳在想什麼？」李榆安退開，擔心地望著我，「還在猜是誰發文的嗎？」

我抿著唇，慢慢地搖了搖頭。

「不然呢？」

「我只是在想……這件事情要是沒處理好，你可能得把下半輩子賠給我了。」

見我還有心情開玩笑，李榆安總算鬆了一口氣，「我倒是想，但妳又不喜歡我。」

「你想得美，我說的是以朋友之名。」

李榆安勾起唇角，雙手搭上我的肩膀，「放心吧，甩都甩不掉。」

「在那之前，我可以先揍你一頓嗎？」

他忍不住笑出聲，「我怕妳手會痛。」

也是，這傢伙都練得一身肌肉了。

我聳聳肩，想越過他走進浴室，卻被他一把拉住，「織光。」

「嗯？」

「謝謝妳。」

「那要爲我做牛做馬嗎？」我得寸進尺地問。

「妳還眞是懂得壓榨。」

我抬手輕拍了一下他的腦門，「我這是怕你尷尬。」

李榆安想了想，又說：「我確實該補償妳。」

「那你好好想想吧，想想能爲我做些什麼。」說完後，我自己笑了出來，覺得剛說的這句話、這口氣，怎麼有點熟悉呢？

簡直像極了某人。

✦

晚上，我洗完澡之後，撥了通電話給童允樂。

致電前，我並未先傳訊息試探她的態度，決定將電話撥出去時，我因爲緊張而綳緊了神經。

原本以爲，她會和花花一樣不接我的電話，結果出乎意料地，電話才響了一下就接通了。

童允樂的反應比我預期得要冷靜，推翻了我所有設想過的最壞情況。

「妳不生我的氣嗎？」

童允樂「哼」了一聲，接著說：「那不然能怎麼辦？誰叫我們是好朋友。」

「我不是故意隱瞞的，也沒有想要大家的意思……那貼文上的截圖，只有部分內容，我可以把整段對話給妳看。」我心急地解釋著，「允樂，我對妳和花花，眞的沒有——」

「好啦，妳別說了，我知道。」她打斷我的話，長嘆一聲，「但花花就是那樣，性子比較直又倔，她就是氣妳連對我們都包裝得那麼好，覺得妳不夠朋友，一時無法接受罷了。」

「那妳呢？妳不怪我嗎？」

童允樂沉吟了會兒，開口道：「說完全不介意是騙人的，但我哥說……或許妳有自己的苦衷和原因，而我們不曉得，不能因為妳做錯了事，就全盤否定妳對我們的用心。」

我咬著下唇，無法厚顏無恥地說出謝謝她的體諒和理解，因為她的包容，令我感到更加自責。

「不過，妳也不用把我想得多麼寬容大度。我第一時間知道時，真的挺生氣的。」頓了頓，童允樂續道：「而且，為什麼妳不能坦然面對過去的陰影，勇敢地告訴我們呢？我們這麼不值得妳信任嗎？」

「不是的……」

「那妳現在願意告訴我，為什麼要這樣嗎？」

我握著手機的手微微顫抖，要訴說自己過往受挫的經歷和傷痕並不容易，尤其還是要和身邊較為親近的人坦白，這對我而言，反倒更加彆扭和難以啟齒。

後來，儘管我並未鉅細靡遺地陳述整個過程，只挑了部分重點串起前因後果，簡單地交代，但在我說完之後，後頸仍冷汗涔涔。

童允樂聽完，沉默了一段時間，我不知道她是怎麼想的，因為她也沒說。

但當她再度開口，語氣倒是沒有先前嚴肅了，變得柔軟許多，「花花那邊，我會再和她說的，過幾天，我們找個時間，三個人一起出來聊聊吧。」

至少這是個好的開始，我不奢望她會馬上釋懷。「好……」

「所以，原來妳也會熬夜苦讀嘛……不像梁熙是個天才。」童允樂挖苦我，「怎麼保養的？居然都沒有黑眼圈。」

「可能是天生的？」我誠實道：「但我還是有用些遮瑕膏。」

「好吧，那我心裡平衡多了。」長期熬夜的她黑眼圈很重，經常爲遮瑕所苦。

「喔對了，妳的那篇爆料貼文，已經被刪了。」

「嗯？」怎麼會？

結束通話後，我點開班級的LINE群組，看見同學們正熱烈討論著那篇文章突然消失的原因。

我用筆電登入學校論壇，試圖以關鍵字搜尋，發現貼文眞的不見了，「奇怪……」

正當我百思不得其解時，妍光開門進房，見我一頭溼漉漉的長髮披在背後，她皺了下眉，從浴室拿出浴巾，蓋住我的頭頂。

「天冷，妳這樣會感冒喔。」她邊說，邊從矮櫃最下層的抽屜找出吹風機插電，爲我吹頭髮。

我沒有阻止，開心地享受她的服務，「有妹妹眞好。」

「如……姊……」

妍光說話的聲音被吹風機發出的吵雜聲蓋過，害我聽不清，「妳說什麼？」

她將風量調小，重複了一遍：「我說，如果我是姊姊就好了。」

「怎麼了？」我不解地挑眉，「爲什麼突然說這種話？」

「這樣我就能保護妳了呀。」

我愣了愣，雖然看不見她的表情，但感覺得出來，她有心事，「妍光……妳在想什麼？跟姊姊說說唄。」

妍光將風量調到最小，好讓我能清楚地聽到她的聲音，「小時候，我就隱約能感覺到，姊姊上學並不開心，回到家也總是沉默寡言、悶悶不樂，和爸媽的關係也十分緊張，他們明明擔心妳的狀況，卻在面對妳時特別地小心翼翼，但當時我仍年幼，對許多事情都一知半解。長大後才明白，原來妳是因爲在國中時被同學們排擠、欺負，也才理解了爸爸調職的原因，甚至氣自己當初爲何任性地哭鬧，吵著不想轉學。只是，等我足以意識到這件事情，究竟帶給妳多大的傷害時，妳已經變得不一樣了，妳變得完美、獨立又堅強，是大家眼中的模範生。」

「妍光，我不是有意——」

她搖頭打斷我的話：「我雖然知道，姊姊妳爲了塑造出那樣的形象有多努力，可我卻無法眞正體會那背後的傷痕有多沉重。因爲一直以來，我都幸運地得到大家的喜愛與目光，但我希望妳知道，我之所以如此，是因爲妳是我的榜樣。」

聽著她娓娓道來的自白，我的鼻頭湧上一陣酸楚，眼眶泛淚，「妳幹麼突然說這些？」

「榆安哥都告訴我了。妳別逞強。」

「他有夠大嘴巴的……」

確認我的頭髮已經被吹乾了之後，妍光才關閉吹風機的電源、拔掉插頭收整長線，將其歸位。「還好現在，姊姊的身邊有榆安哥和梁熙，這樣我就放心了。」

「李榆安就算了，梁熙又是怎麼回事？」她這些情報到底都是從哪兒聽來的啊？

「榆安哥說的呀。他說——」妍光咳了咳，模仿起某人說話的樣子：「『妳姊姊以後的日子呀，我是管不著了，也沒資格管，因爲，有人比我更適合治她』，這不就是在說梁熙嗎？」

我一邊揉了揉太陽穴，一邊苦笑。

「妳別這副表情，我是眞的眞的很擔心妳耶！能問的人也只有榆安哥了……我不想像以前一樣，都不知道妳發生了什麼事，一點忙也幫不上。」妍光皺著眉道。

我拉起她的手，見她泫然欲泣的模樣，既覺得感動，又覺得有點好笑，我勾起唇角，「唉喲，沒事的，妳別擔心了。」

「眞的嗎？」妍光吸了吸鼻子，再次向我確認：「妳確定沒事嗎？我不希望妳再受到打擊，不想看妳難過。」

我輕捏她的鼻尖，揶揄：「我覺得，我還是比較適合當姊姊，因爲妳太善良，又太愛哭了。」

她嬌嗔地跺腳，「我是很認眞在爲妳擔心耶！」

我忍不住笑出來，「我也是很認眞的。」

妍光瞪著我，一副不服氣又委屈巴巴的樣子，彷彿她才是受害者似的。

「好啦，我知道了，這不是還有你們在嗎？」我揉揉她鼓起的臉頰，安撫道：「我也不能從國中到現在都沒長進吧？」

妍光擦掉眼角的淚光，點點頭，「我會陪著妳。」

「當然呀，不然妳這妹妹怎麼當的。」

「吼！跟妳說話眞的都不能太感性耶！」

她氣不過又拿我沒轍的樣子，令我大笑出聲，「好啦，乖，妳的心意我都知道。」

她「嗚」了一聲，忽然傾身抱住我，「姊，我愛妳。」

我雖然覺得整顆心都要融化了，但畢竟太溫情不符合我的風格，於是我拍拍她的背，「別太愛我，我會有壓力耶！」

這回，妍光眞的受不了我了，氣得拋下一句話後轉身離去：「榆安哥說得沒錯，果然只有梁熙治得了妳。」

我朝她的背影揚聲問：「欸欸，這傢伙到底都跟妳亂說了些什麼？」但她已經頭也不回地關上房門。

到底爲什麼大家都覺得，梁熙治得了我呢？

想到梁熙，我便想起我們在書店的爭執，我不過是說了一些重話，他還就眞的生悶氣，不理我了，整個晚上也不傳個訊息關心我……

叮。

手機傳來訊息通知，我便拿起來看。

「十分鐘後，我在妳家附近的便利商店等妳。」

說好約在便利商店見，可當我一走出家門，卻發現梁熙站在巷內的街燈下，那挺拔的身影，在深夜的寒冬中，顯得格外孤寂。

我壓抑著想飛奔向他的衝動，加快行走的步伐，等到了他面前，又矜持地故作漫不經心。

「你怎麼會來？」我瞄了眼手機上的時間，「等多久了？」

「晚了，怕妳危險。」他舉步走了一段路，發現我沒跟上，便放慢了速度。

凌晨的便利商店座位區空無一人，我們點了兩杯熱拿鐵，也不怕喝了會睡不著，就在窗邊的座位並肩而坐。

梁熙喝著咖啡，神情如往常般的從容，他總能沉得住氣，可我憋不住，「李榆安都和我說了，他說因爲他手機鎖定螢幕的功能壞了，又碰巧弄丟手機，被別系的同學撿到，所以才……」

「嗯，我猜到了。」

「什麼？」

「我透過ＩＰ位置找到了發文者。」

「你這麼厲害啊？」不是學建築的嗎？難不成還雙主修資工了？

梁熙瞥了我一眼，顯然不想繼續這個話題。

我抿了抿唇，改問：「那……那則貼文是誰發的？」

「是個專門收錢代發的帳號，因他人所託才發布貼文的，至於委託人的身分，還需要一點時間調查，畢竟發文者拿人錢財，有些事不好開口。」

「但那篇貼文已經不見了。」

「嗯，我刪的。」

「你連這個都會啊？」不愧是天才。我雙手握著飲料杯取暖，輕嘆：「不過，就算刪掉又如何，應該都有人截圖了，還是會流傳的……反正，大家都知道得差不多了，也沒什麼好在乎的……」我已經徹底放棄挽回形象了。

「我在乎。」

「你在乎什麼？」我忽然感到一陣委屈，噘起嘴，「你不是還在生我的氣嗎？」

「我是希望妳做自己，但我不允許別人欺負妳。」

這麼霸道的話從他嘴裡說出來，即使時機不恰當，我仍然被帥到了。

我移開與他對視的目光，試圖穩住自己加速的心跳，「梁熙，我要為之前說的話向你道歉，對不起。」

梁熙低垂眼簾，手轉著飲料杯，食指輕點杯蓋，沉默一會兒，才清了清嗓開口，他平靜地說著關於自己的事，可每一句，都令我感到十分意外。

「其實我是個孤兒，十歲的時候，梁家收養我，給了我一個家。我一直都知道，我的爸媽是透過我，思念著他們那七歲時不幸在海邊溺斃的兒子，所以，我很努力，努力地想變成他們希望的模樣。」

我眼前的景象逐漸變得模糊，一度看不清梁熙臉上的表情，胸口因他而起的心疼無比真切，「梁熙，你不需要變成其他人……」

「無妨，我覺得這樣也挺好的。」他無所謂地笑了笑，「爸媽很疼愛我，我覺得我所有的努力都是必要的，只要能讓他們開心，我願意。」

難怪他會跟著父母回國，當初我還對此嗤之以鼻，不相信他會這麼孝順，原來是因為他的狀況，讓他覺得自己必須盡可能地做好。

「所以，你被收養了幾年後，就去美國了嗎？」

梁熙點點頭，望著窗外，淡淡地接著道：「在國外的那段時間，就讀貴族學校讓我壓力不小，適應新環境本來就已經很不容易，但最麻煩的，是同學偶然間發現，我是被領養的。」

「他們因爲這樣就排擠你嗎？」

「嗯。」

「我以爲在國外，收養孩子這種事情，很尋常……」

「是很尋常。但若有人想攻擊你，任何事都能拿來大做文章。」

我透過玻璃窗的倒映，看見他臉上無奈的苦笑，喉嚨像被梗了一根魚刺，頓時難受得說不出話。

「趙織光，其實妳說得沒錯，一個人想排擠你、欺負你，是可以沒有理由的——」

「不行！」我搖搖頭，激動地抓住他的手，「你那麼優秀，他們爲什麼要欺負你？」不知道是因爲這段經歷與我有些相似，還是因爲我這個人就是護短，我的情緒不自覺地產生很大的波動。

光是想像梁熙被欺負的畫面，我就忍不住又氣又想哭，「他們怎麼可以欺負你？我眞的很生氣……」

梁熙微微蹙眉，一副不知道該拿我如何是好的模樣，他伸手罩住我的頭，再輕拍了兩下，「事情都過去了，我已經忘了，妳別這樣。」

「你眞的很不會安慰人……」我伸出拳頭，捶了他一下。

「不然呢？」

我撇下矜持，哽咽地道：「你這時候不應該抱著我，安慰我嗎？」

梁熙沒有按照我的話行動，反而捏了一下我的臉頰，「傻瓜。」

我摀住眼睛，仰頭吁出一口氣。冷靜下來後，問道：「你爲什麼要告訴我這些？其實你可以不說的。」

「我不是要跟妳比慘，我只是想讓妳知道，沒有什麼事是過不去的，我做得到的，妳也可以。」梁熙揚起溫柔又讓人安心的微笑，「哪怕妳做不到，也有我在呢。」

我動容地低下頭，斂住嘴角笑意，想了想後，小心翼翼地問：「那你……會想找親生父母嗎？」

「不會。」他搖頭，「我覺得現在很好。人生，就該隨著時間前進，而不是一直探究過去。」

也是。就算找到了又如何？好好地活在當下、展望未來，就已經很不容易了。

「你不用找，因爲對我而言，你就是梁熙。」是我喜歡的人。

他淺揚唇角，輕輕地「嗯」了一聲，眼底漫過的暖色，清晰可見。

「對了，過幾天，我會找花花和允樂當面談談。」

「我相信妳能處理好。」

「也沒什麼好處理的。」我輕嘆，「我只怕她們以後不想跟我好了……」

「眞正的友誼，不會因爲這樣就散的。」

「嗯，我知道。」

「妳寒假打算做什麼？」

「打工吧……」我沉吟了會兒，又說：「寒假的時間不長，之前剛好看到，學校的圖書館在找處理圖書借還作業的短期工讀生。」

「不準備下學期的實習嗎？」

「學校有合作的企業，我手上有幾份教授幫忙寫的推薦信，應該等開學前再整理些資料就可以送交了。」見他一臉質疑，我輕鬆地聳肩笑道：「別這樣嘛，你就當我是去實習前累積些工作經驗？」

「這樣的工作經驗和妳讀的科系差遠了。」

「其實我沒打過工，所以想試試看，而且我平時就常跑圖書館，對環境也比較不陌生。」

「好。」

「好是什麼意思？」

梁熙笑而不答，只道：「快喝吧，喝完我送妳回去。」

返家途中，我忽然想到，「你老實說，你這麼晚找我出來，是不是因爲跟我吵架之後，心裡不好受？」

「我們有吵嗎？」他裝傻。

「別不承認。」我可沒那麼好糊弄。

然而梁熙讓我別繼續追問的方式，就是單手捧起我的臉，彎下身，在我的嘴角落下一記淺淺的吻。

儘管夜色深濃，可襯著路燈那微弱的燈光，我仍然在他逐漸靠近的眼裡，看見了比銀河更加燦爛的星辰。

我驀地想起了曾經在書上看過的一句話——一段好的愛情，是互相照顧扶持，彼此成就。

我已經不那麼害怕面對接下來即將發生的困難與阻礙，我相信所有的問題，都能以最好的方式解決，因爲我有梁熙。

如果可以，我也想成爲，即便走到了陰暗處，依然能照亮他的人。

第九章　心之所向

生活裡，你所嚮往的一切美好，都是需要努力經營的。

一週後，我收到童允樂的LINE訊息，並和她們約好了見面的時間和地點。

事隔幾天，我雖已沒有事發時的忐忑，但由於仍不確定她們對我的想法，所以心裡難免還是會緊張。

我提早十分鐘抵達學校附近的飲料店，選擇一處安靜的角落位子，還點好她們在冬日裡愛喝的飲料。

童允樂和花花是一起來的。花花今天打扮得特別漂亮，白色的高領毛衣搭配粉色碎花長裙，肩背細鍊的紫羅蘭色小包，搭配裸粉色的低跟短靴，臉上略施淡妝，鮑伯短髮一邊勾到了耳後，看上去清純可愛，感覺一會兒我們談完，她要去約會。

「妳提早到啦？」童允樂瞥了一眼白牆上的壁鐘，「我還以爲是我們遲到了呢。」

「嗯。」爲緩和氣氛，我以輕鬆的語氣道：「我還幫妳們點好了飲料喔。」

但事與願違，空氣中瞬間一陣沉默。

直到店員依序上完所有飲品，童允樂才在我的求救眼神中，無奈開口：「花花，妳還在生織光的氣嗎？」

花花低著頭，扯了一下嘴角，沒有回答。

「花花，對不起。」我因她的冷淡而感到受傷。我不曉得她願不願意聽我解釋，怕多說多錯，思來想去，最後只能先道歉。

她抬眼看我，神情中帶著對我的不信任與不諒解。

「花花，妳也應該聽聽織光的說法吧？」童允樂好心地替我起頭。

我順勢接話：「花花，妳看到的那些截圖，其實並不是——」

「允樂都跟我說了，她說那只是片段的內容，是發文者爲了讓我們誤會而刻意爲之。」

我點點頭，爲她還願意開口和我溝通，而感到慶幸，「如果妳想看完整的對話，我可以找給妳看。」

「不必了。」她別開視線，「趙織光，妳知道當時看見那篇文章的第一時間，我在想什麼嗎？」

「想我對妳們是不是眞心的……」

「我在想，從前妳對我的那些好、說的那些話，是不是都是謊言？那是不是只是爲了營造出美好形象的一種手段？其實在妳心裡，我們和普通同學沒什麼兩樣，只是因爲我們喜歡妳、主動靠近妳，所以妳才感覺跟我們比較要好。」她諷刺地勾起嘴角，「會不會我們的付出，對妳而言，是極爲可笑的。」

「花花，我對妳們是眞心的，就是因爲我很在乎妳們，所以我才不敢把從前發生過的事跟妳們說，不敢展露眞實的自己，怕妳們不能接受。」

「我只是希望妳一開始，就能當一個眞實一點的人，不要帶著假面具欺騙我的感情。」

「我怎麼欺騙妳的感情了？」她一直否定我的眞心，令我有些無奈。

「過去我那麼喜歡妳、羨慕妳，甚至崇拜妳，妳不都看在眼裡嗎？」她咄咄逼人地逕自解讀我的想法：「妳一定很享受吧？」

「我……」

「當然了，這麼多人因爲妳的虛僞而喜歡妳，我也不過是其中之一。」她委屈地道：「妳知道我曾經喜歡過某個向妳表白的男生嗎？妳知道當初他爲了了解妳的喜好而刻意接近我嗎？」

「我不知道……」我錯愕地皺眉，「妳爲什麼不告訴我呢？」

「妳在他心裡那麼美好，我覺得如果你們能在一起，我也願意祝福，可現在回想起來，一切都是那麼可笑，妳根本就不是我們想的那個樣子！」

童允樂出言緩頰：「花花，妳這麼說就有點過分了，妳怎麼能把所有事情都混爲一談呢？況且，妳現在說的，織光她並不知情。」

我知道自己有錯，一時半刻無法被諒解也是理所當然，但花花傷人的犀利言詞，激發了我的不滿，「那妳呢？妳對我是眞心的嗎？如果我沒有這麼好，妳還會喜歡我，想跟我當朋友嗎？」

「我當然——」

「妳別忘了，我們一開始是怎麼認識的。」

「織光，妳別再說了。」童允樂想勸我冷靜下來，但已經來不及了，反正我沒什麼可失去的，既然她們都想見我眞實的一面，那私底下的我，從來就不是個好說話的人。

「當初是我幫妳簽上課的簽到表，妳後來發現那堂必修課的出席率占百分之二十，爲了謝謝我，才主動找我搭話的。作業、報告、設計靈感，只要妳需要我幫忙，我從來都不會拒絕，妳不也利用我利用得很徹底嗎？」

「趙織光，妳……」花花瞪著我，不知是爲我們之間岌岌可危的友誼感到難過，還是被我氣到紅了眼眶。

「我是做錯了，我不應該在妳們面前裝模作樣。一開始，我是希望妳們能喜歡我，後來是因爲怕妳們不能接受眞實的我，但我有做什麼罪大惡極的事嗎？」

「妳就是把我們想得太膚淺，所以才令人生氣！」

「那既然妳們眞的把我當朋友，爲什麼不能原諒我呢？」怕聲音過大會引來側目，我在桌下握起拳頭，隱忍情緒，咬牙續道：「我做了什麼傷害妳的事嗎？這件事情，眞的讓妳這麼受傷，受傷到一點都無法試著理解我的地步嗎？」

我看見花花眼中打轉的淚水，我知道事情演變成這樣，並非她的本意。

她的個性本來就比較直接，也不喜歡被欺瞞，不喜歡朋友間有祕密。然而我最眞實的一面，卻以那樣的方式被揭發，她會感到憤怒，也是正常的。

但如果花花眞的把我當成她的好朋友，我希望在她生完氣後，能別一直緊咬著我的錯不放，而是包容、接納眞實的我。

我這樣想，是否有些過於貪心和無恥了……

說完眞心話，我喪氣地問：「妳們就……不能接受這樣的我嗎？」

「我接不接受有這麼重要嗎？」花花哽咽的聲音中，帶了點嘲諷，「反正允樂一定會站在妳這邊。」

話落，她背起包包，轉身離去。

儘管花花走了，但氣氛實在被我搞得太僵，一時之間，童允樂似乎也不曉得該說些什麼。

我看著花花一口未動的熱水果茶，嘆氣，「眞是的，她這杯特別貴欸。」

「妳明知道她的脾氣，就不能讓著點？」

「這就是眞實的我啊……」我捏著吸管攪動杯中的果汁，苦笑，「根本不是什麼好脾氣的好好小姐。」

童允樂喝著熱奶茶，沉思了一會兒後，淺揚嘴角，「嗯，有點嗆，得適應一陣子。不過，以後我就不用幫妳當黑臉了。」

我暗自捏著衣襬，略微緊張地問：「那妳原諒我了嗎？」

「這段時間我也仔細地想過了，我相信妳對我們是眞心的。」她喟嘆，朝我微笑，「其實，花花也知道，只是不跟妳大吵一架，她心裡可能就過不去吧。」

「謝謝妳，允樂。」

她點點頭，「再給花花一點時間，會好的。」

「她今天打扮得那麼漂亮，是要去約會嗎？」

「她前幾天在交友軟體上，認識了一個我們學校應外系的男生，今天約見面。」

「那男生怎麼樣啊？人好嗎？」

「他叫林翰宇，花花給我看過照片，長得還行，聽說在應外系小有名氣，但個性就不得而知了，反正再怎麼樣，都比不上我們的梁熙男神啊，妳說是吧？」

童允樂邊說，邊朝我眨了眨眼，我正想問她是不是眼睛抽筋了，一道熟悉的嗓音便自身後落下，「妳們談完了？」

我錯愕地轉頭，「梁熙，你怎麼會在這裡？」

「我問妍光的。」他逕自拉開我對面的椅子入座。

難怪今天出門前，妍光問我要去哪裡問得那麼仔細，我就覺得奇怪。「你們什麼時候變得這麼熟了？」

「我也去妳家好幾次了。」

「是啊，你跑我家倒是跑得很勤快。」

「還好嗎？」他關心地問。

我撇撇嘴，「不、好。」

「妳們談了什麼？」

「把心結說開，該吵的也吵了，該和好的也和好了。」童允樂代答。

梁熙微笑，「辛苦妳了。」

「我怕再不開口，你會當我不存在。」

梁熙瞄了一眼童允樂桌前空了的杯子，準備為她的續杯買單，「還喝點什麼嗎？」

她起身，拒絕道：「不喝，我不想當電燈泡，所以要走了。」

我拉住童允樂的手，不放心地眨了眨眼。

她似乎知道我在想些什麼，笑了出來，「過幾天我們約出來逛街吧。」

我點頭如搗蒜，「好！」

童允樂離開後，梁熙歪著頭笑問：「妳怕她只是表面上跟妳和好，不放心對吧？」

我垂首，嘴硬道：「允樂不是這樣的人，只是我好不容易能在她面做自己，迫不及待想和她多相處些時間罷了。」

「那我呢？」

「我發現你有點崩壞的現象。」

「哪裡？」

「高冷的梁熙去哪兒了？」

「再高冷下去，喜歡的人可就跑了。」

「誰呀？」

「妳說呢？」他故意不答反問。

我才不會讓他得逞，翻了個白眼，轉移話題：「現在是跟允樂和好了，但花花沒有，我們鬧得不歡而散，我心情不好。」

「所以我這不是來找妳了嗎？」

「你來是因爲擔心我？」

梁熙從外套口袋裡拿出已經發熱的暖暖包，塞進我冰涼的手裡，「我來是因爲想妳了。」

「我在跟你說正事，不要亂撩。」

「我的正事，就是負責送妳回家。」

我咳了一聲，傲嬌地站起來，「我不需要你送。」話落，逕自往店外走。

梁熙三步併作兩步地跟上我，「拿了我的暖暖包就跑，太忘恩負義了。」

「那還你。」我伸手要歸還暖暖包，豈料被他趁機握住手。

「趙織光，妳就不能偶爾對我示弱一點嗎？」

「我不走這種風格。」我是母胎單身，沒談過戀愛，突然要我對他撒嬌什麼的，未免太彆扭了。

「那妳走什麼風格？」

「反正不是你想要的風格。」回嘴完，我想了想，納悶道：「梁熙，你是不是有事要跟我說？」

梁熙目光一頓，收起開玩笑的神情，語氣認眞了幾分：「想妳是眞的，不過，我的確有事要順便告訴妳。」

「什麼？」

「委託發文的人找到了。」他看著停下腳步的我，公布答案：「是高閔星。」

「他怎麼能做這樣的事？就因爲我拒絕他嗎？」我原本感到有些意外，但想了想，又覺得他確實有可能會這麼做。

「妳拒絕他只是其中一個原因，另外一個原因，我想，他應該是想讓我受到打擊。」

「這跟你有什麼關係？」

「我打聽了一下才知道，高閔星本來就對我有偏見，再加上他向妳告白又被拒絕，所以才決定揭穿妳私下的模樣，想藉此讓我覺得自己喜歡錯了人、看走了眼，卻沒料到，我早就見過妳最眞實的一面。」

「幼稚。」有些人還眞是只長身體，沒長腦子。

梁熙見我掏出手機，連忙按住我的手，「妳做什麼？」

「打給高閔星，問他爲什麼要做這麼無聊的事。」

「妳打給他，他承認了，然後呢？」

「當然是罵他一頓，以洩我心頭之恨。」

「那妳就中了他的圈套了，他就是想看妳氣得跳腳，又拿他沒轍的樣子。」

「難道我就什麼也不做，任由他欺負？」

「誰說要任由他欺負了？」梁熙握住我的肩膀，彎身與我平視，「妳要好好繼續過生活，別被這種事情打敗，積極地面對後續所有的挑戰，重點是，要過得比之前開心，這就是對他最大的報復了。」

「可我氣不過。」

梁熙伸出食指滑過我的鼻尖，眼裡盡是溫柔，「織光，我不想要妳繼續浪費時間，跟這種人沒完沒了地糾纏下去。」

我想了想後點點頭，又悶悶地嘆口氣，「現在那些喜歡你的人，一定更認爲我配不上你了。」這也是我遲遲無法回覆他的心意、接受他的原因。
「妳是要跟他們交往嗎？」
我皺起眉頭，「什麼意思？」
「爲什麼要在意他們的想法？」梁熙輕捏了一下我的臉頰，「妳需要在乎的，應該是我怎麼想吧？」
「那你怎麼想？」我敷衍地問道。
「我想和妳在一起。」梁熙一手抬起我的下巴，牢牢地鎖住我的目光，不容質疑地道：「但是，我不會勉強妳，硬是要讓我們之間的關係更近一步，除非妳能主動向我走來。」
「爲什麼非要我主動？」既然他口口聲聲說喜歡我，難道就不能再更強勢一點嗎？
「因爲妳一旦決定好要做某件事情，就絕對不會輕易放棄。」他改握住我的手，溫聲笑道：「我希望我們的愛情也是如此。」

✦

寒假來圖書館的人不多，但是來借書的同學，多半都會一次就借好幾本，所以到了要歸還的時候，還的數量也多，要將這麼多本書歸位，需要花不少時間。
我推著還書車從A排開始把屬於這區的書籍一一挑出來放回架上。
不久，一聲低喚吸引了我的注意，「織光學姊。」

「巧縈？」她甜美的笑靨在我面前綻放。

盧巧縈朝我走過來，低跟鞋踏在大理石面發出輕微的叩叩聲響。「妳眞的在這裡，剛才進圖書館時，我還以爲妳會待在櫃檯。」

盧巧縈是繼那件事後，少數還留在我身邊的朋友。

不過，我其實對此感到很困惑，她爲何能像什麼事都沒發生一樣地待我如昔，甚至並未過問。

「妳怎麼來了？」

「學姊不是說寒假會在圖書館打工嗎？我就想來看看妳啊！」盧巧縈的臉頰被外頭的寒風吹得通紅，邊回話，邊卸下纏在脖子上的圍巾。

「妳剛從美國回來對吧？」

這次的寒假足足放了五十二天，她最後一科的期末考又結束得早，聽梁熙說，放假的隔天她就飛了，前幾日才回來。

「對啊！待了半個月左右，現在好難調整時差，不過倒是不怎麼怕冷了，因爲美國更冷哈哈。」

「確實，我看妳穿得好少。」除了圍巾，她只穿了一件毛衣配短皮褲加長靴，外面才十五度欸。

盧巧縈笑了笑，把掛在手腕上的迪士尼印花提袋交給我，「送妳的。」

「這是什麼？」

「就是一些我從美國帶回來的紀念品。」她笑咪咪地將雙手背在身後。

「謝謝。」我彎身將提袋暫時擱在還書車下層，抱歉地說：「午休時間已經過了，我們恐怕不能出去……」

「沒關係。不如，我陪學姊一起把這些書歸位吧。」

望著她熱心的模樣，我抿了抿唇，忍不住把沉在心底的疑問道出：「巧縈，我可以問妳一件事嗎？」

「嗯？」她的目光正被架上一本有著奇怪書名的書所吸引，「怎麼了？」

「爲什麼……妳都不介意？」

「妳是指哪件事？」

「期末最後一天，學校論壇那篇貼文……」

她頓了頓，扭頭看我，「嗯……該怎麼說呢……」過了幾秒，她才慢吞吞地坦言：「好吧，我還是告訴妳好了。其實，梁熙哥早就和我說過關於妳的事了。」

「梁熙？」

她點點頭。

「爲什麼？」

「之前有一次梁熙哥和叔叔阿姨到我家作客，他就跟我說了關於妳的事。起初，我也滿訝異的，甚至覺得妳怎麼會這樣，也差太多了吧？」

我懊惱地低頭，無言以對。

「但，誰沒有一點祕密呢？」盧巧縈不甚在意地聳肩一笑，「後來梁熙哥有向我分析妳這麼做的動機，我就比較能理解了。況且，表裡不一的人可多著了，妳又沒做什麼讓人無法原諒的壞事，只能說人紅是非多，大家對妳的期待跟崇拜越高，知道眞相後，就會越失望。」

「所以妳……不討厭我嗎？」

「不會啊，而且說不定，眞性情的妳，我會更喜歡喲！」她笑著咕噥道：「梁熙哥還多此一舉地交代我，要我有空多陪陪妳，不要讓妳覺得全世界的人都討厭妳了。」

我都不知道，梁熙默默為我做了這些……

「很感動吧？梁熙哥對妳是眞心的。」盧巧縈歪著頭笑道。

「我……」的確很感動，我以為他會覺得，我面臨的這些挫折根本不算什麼。

「所以呀，學姊，」她輕輕握住我的手，「以眞實面貌展露在大家面前，也沒關係的，眞心喜歡妳的人，就會喜歡妳最原本的樣子。而且，妳居家時的打扮，也滿有喜感的啊！梁熙哥拿照片給我看時，我笑了好久，還覺得照片中的妳很有親和力，很可愛呢！」

我既感到心暖，又不禁有點氣惱，梁熙眞是好樣的，原來他在刪照片前，就已經給別人看過了。

「學姊？妳怎麼了？」盧巧縈伸手在我的面前揮了揮，我這才回過神。

我微笑搖頭，「謝謝妳，巧縈。」

「眞要謝我的話，就趕快跟梁熙哥在一起啦！」

「啊？」這突如其來的要求，令我措手不及，

「妳快點跟梁熙哥在一起，讓榆安學長徹底死心，我才有機會啊。」

想不到她這麼大方就承認了。「我和李榆安只是朋友。」

「我知道。」她吐吐舌，「我開玩笑的。」

「需要我助攻嗎？」

她搖了搖頭，頗有信心地說：「自己的幸福，要自己爭取。」

我原本以爲，盧巧縈屬於暗戀派，沒想到面對喜歡的人，一旦確認了心意，她是會直球進攻的。

「我會爲妳加油。」

我們整理了一會兒書，邊閒聊著，後來話題又繞回我和梁熙身上，盧巧縈一臉曖昧地用手肘頂了我一下，「學姊，所以妳到底什麼時候才要跟梁熙哥在一起？」

我假裝沒聽見，抽起幾本書，將它們歸位。

她擋住我的去路，追問：「快回答！」

上學期在準備期末考的時候，我只惦記著要讀書考高分，也特別想在和梁熙一起修的那幾門課上考贏他，所以沒花太多心思在感情的事上，後來又接著發生那件事，害我整個人方寸大亂，更無暇顧及其他。

雖然我知道自己喜歡梁熙，也想過要向他告白，但輿論當頭，現在的我猶如眾矢之的。我沒有信心……在這麼敏感的時機點和他交往。

「我總覺得……」我低著頭，小聲說道：「自己配不上他了。」

「妳知道梁熙哥不會在乎那些。」

「我當然知道。」

「那還有什麼問題呢？」盧巧縈不解。

「我不希望梁熙因爲我，承受不必要的閒言閒語，更不想兩個人剛在一起的時候，周遭就充斥著阻撓我們的言語。」

「兩個人在一起是兩個人之間的事。」盧巧縈說。

「話雖如此……」但我害怕自己會被那些流言蜚語擊垮，怕自己會懦弱地鬆開他的手，所以與其到時候因我的軟弱而令他傷心，不如現在先慎重地思考再做決定。

「好吧。」盧巧縈點點頭，試著理解我的想法。「雖然我希望你們能趕快在一起，但我想妳還需要一些時間，不急，無論多久，我相信梁熙哥都會等妳的。」

後來，盧巧縈又待了一下才離開。等我下班走出圖書館，才發現梁熙在噴水池旁的牆柱等我。

「你怎麼來了？」

梁熙展顏，快步來到我面前，「接妳下班。」

我望著他，內心的感動令眼底泛起一層霧氣。

「怎麼了？」

我收回視線，搖頭，「沒什麼，就是覺得……」

「嗯？」

「謝謝你。」

✦

據說喜歡上一個人後，心理上會面臨三個階段的變化。

一開始會自然地與對方相處，接著會變得特別容易害羞，再來，連相處之中一些不經意的瞬間，都會感覺特別甜蜜。

而現在的我，正在面臨第二階段。

「請問《建築的語言》這本書放在哪裡？」

我站在查詢用電腦前，聽到有人詢問便回頭，結果竟猝不及防地撞進梁熙一雙清澈溫柔的眼眸。

「你、你可以自己查。」我瞬間紅了臉，接著趕緊讓出位置，抱著手中的書，飛也似地逃離。

但梁熙果然不是省油的燈。

「請問，妳知道這本書要放回哪裡嗎？」

他遞來的書，其實就擺在隔壁的書架上，看一下索書號就知道了。如此明顯又刻意的行為，他卻做得理直氣壯。

「給我吧，我來放。」

這本書擺放的位置有點高，我衡量了一下，應該還不至於動用到矮梯，於是墊起腳尖，想把它推進書本間的夾縫中。此時，一道影子突然落下，梁熙的掌心覆上我的手背，輕而易舉地將書推回架上。

我害羞地閃躲梁熙的目光，輕推了他一把，然而他並不打算放過我，俊眸微瞇，雙手迅速地撐在書架上，將我圈困其中。

「現在是我的上、上班時間。」我結巴道。

「我知道。」他頗具興味的目光掃遍我失措的神色。

「那、那你還——」母胎單身如我，眞的承受不住這樣的刺激。

「我覺得妳今天怪怪的，怎麼了？」梁熙根本是明知故問。

「沒有啊！」我轉移目光，否認道：「哪有怎麼了。」

「是嗎？」

「你繼續看你的書吧，我還有事情要忙。」語畢，我試圖擺脫他，從側邊空隙溜走，卻被他一個箭步抓住。

「妳快下班了吧？」

「四點。」我不敢直視他的眼睛，只好盯著被握住的手腕，心臟劇烈地跳動。「還有兩個小時。」

「好，我等妳。」梁熙滿意地微笑鬆手，安分地選了幾本書到空位上看。

工作到一半，偶然聽到幾個女生在討論梁熙，我順著她們的視線望去，梁熙坐在窗邊，一縷陽光透過玻璃投射在那張完美側顏上，著實令人心旌搖曳。

我低頭瞄了一眼自己的手腕，想起被梁熙握住的時候，那溫暖的觸感，嘴角不自覺地悄悄彎起。

「織光，醒醒。」

半夢半醒中，我感覺到有人將掌心覆於我的髮頂，輕聲呼喚，聲音中蘊含著不經意的溫柔，「下班了。」

我趴在桌上，雙眼微微睜開，瞅著他傻笑了一會兒而不自知，直到聽見他問：「笑什麼？」

我搖搖頭，不肯把藏在心底的歡喜與他分享，伸了個懶腰後，忽然想起自己還沒處理完該做的事，趕緊抓起手邊的資料夾，驚呼：「我書還沒盤點完！」

糟糕，我到底是什麼時候睡著的？

梁熙抽走我拿在手裡的資料夾，攤在我的面前，只見上面的表格已被填滿了數字。

「怎麼會……」我愣怔地抬頭看他。

這些都是他幫我做的嗎？

「走吧。」梁熙收起資料夾，一手將我從位子上牽起來。

坐在櫃檯的阿姨見到我們，笑咪咪地說：「織光，妳男朋友很體貼喔。」

「阿姨，他不是我的——」

阿姨打斷我的話，又道：「哎喲！怎麼可能不是，你們互相喜歡，都寫在臉上了欸。」

雖然是實話，但當著當事人的面，也不需要講得這般直接吧？

梁熙在旁邊一味地笑著，沒有打算救我的意思。

「咳，那個、總之，阿姨對不起，我剛剛好像睡著了……」

「沒關係啦，反正這位帥哥已經把妳要做的事都做完了。」阿姨滿意地朝梁熙點了點頭。

我真想原地挖洞鑽進去。

離開圖書館後，梁熙仍然牽著我，直到走出校門，他一把將我拉至他的面前，笑得曖昧，「同學，我今天幫妳工作了，酬勞呢？」

我別過頭，噘嘴道：「讓男神替我工作，這酬勞我可能付不起。」

梁熙輕輕地捏著我的下巴，把我的臉轉向他，「妳又沒問，怎麼知道？」

「你應該叫醒我的。」

他搖頭，「捨不得。」

「你到底是怎麼想的？」

「什麼？」

「當然是關於我們——」

「我說過了，我在等妳。」

「那我希望你能低調點。」畢竟我現在的處境比較敏感，他又不是不知道。

「喜歡一個人，我低調不來。」話落，他放開我，雙手插進口袋裡，邁開步伐。

「梁、熙！」就算是男神，也不能這樣我行我素吧？形象呢？偶包呢？

梁熙沒走幾步，便停下腳步，側身朝我伸手。

我停下腳步，猶豫地輕咬下唇。

「已經出校門了。」他挑眉提醒。

我抿著唇，仍然有些膽怯。

「一。」

「二。」

「三——」

終於，我按捺不住地快步上前握住他的手。

我聽見他的笑聲，直達心窩，悸動落下陣陣漣漪，久久無法淡去。

從前，我總是很難想像喜歡一個人會是什麼樣子，可如今，我好像明白了……

✦

大三下，是我人生中繼完美變身後的第二個轉捩點，原本以為上學期梁熙的出現，對我而言會是場災難，豈料他竟是我的救星。

我由衷地感謝發生那件事後，仍願意陪在我身邊的朋友，雖然——

「趙織光，妳到底醒了沒有？動作快啦！」

我拿著護唇膏開門，瞪了走進房的李榆安一眼，「急什麼？」

「今天開學第一天，妳就想遲到？」

我聳肩，走回全身鏡前檢視自己。「遲到就遲到唄。」

李榆安挑眉，打量我的穿著——白色套頭毛衣搭配牛仔褲。

他愣了片刻，「妳就穿這樣？」

「不然呢？」

「這麼隨便？」李榆安又問了一次。

「哪有隨便？大家都這麼穿啊！」

他坐在床上翹起二郎腿揶揄：「以前就沒見妳穿這麼樸素過。」

我撥了一下馬尾，「反正不需要僞裝了，以後我要隨心所欲地過日子。」

「有本事就連妝都不要畫。」他笑得一臉欠揍。

「看不懂就別胡說。」我掄拳作勢往他肩膀揮去，「我只上了底妝跟護唇膏，你還想怎樣？」

「喏，給妳。」他遞來打包好的早餐。

我隨手塞進肩背包，跟著他下樓。

老媽在樓梯口等我，還送上溫牛奶，「喝了再走。」

「妳今天怎麼沒催我出門？」

「已經長這麼大了，還要我凡事都管嗎？」

我把喝完的空杯還給她，「走啦！」

「路上小心。」老媽揚起溫柔笑容，送我們出門。

我一開門，便看到梁熙站在門外，不知道等多久了，「你怎麼在這兒？」

他瞥了李榆安一眼，回道：「接妳上課。」

他該不會在吃醋吧？

我揚起一抹不自在的笑，「怎麼不按門鈴進家裡等？」

梁熙笑而不語。

我整理了一下領口，低頭越過他們走在前面，不久，身後傳來他們的交談聲。
「你每天早上都去織光家接她？」
「早上都有課的時候就會去。」
「辛苦了。」
明明是普通的對話，卻聽得我一身冷汗。以後若是和梁熙交往，他應該不至於小心眼到不准我和李榆安繼續來往吧？
「織光。」
我回頭，「嗯？」
李榆安雙手枕在後腦杓，問道：「今天去學校，妳不會緊張吧？」
「緊張什麼？」我皺起眉頭。
「妳已經不是系花了，負面評價也很多……」
我嘆了口長氣，「都是成年人了，同學之間，應該不會再做出什麼太超過的行爲了吧？」
梁熙笑著看向我，輕聲說道：「嗯，不會發生那種事的。」
雖然我也這麼認爲，但他的語氣未免太過篤定了。
他微微地抬眉，用指側輕刮我的鼻尖，「我不會允許那種事情發生。」
這毫不掩飾的親暱，讓我和李榆安同時感到一陣尷尬。
「請尊重一下我好嗎？」李榆安道。
梁熙調皮地聳肩，看上去心情似乎挺好……

步行在校園裡，幾名認出我的學生交頭接耳了起來，我猜，應該沒有什麼好話。

梁熙看出我的緊張，悄悄地握了一下我的手，安撫道：「別擔心，有我在。」

但不知爲何，他和李榆安一左一右地走在我身邊，反倒讓我壓力更大。

于淵和顧清行像是早就約定好似地同時出現，一見到我們，便露出燦爛的笑容走過來，「終於來了喔！」

「等好久了。」于淵雙手抱胸，揶揄：「形象破滅後，就開始遲到了？」

我決定當作沒聽見，睨了梁熙一眼，小聲問：「他們怎麼來了？」

梁熙只是笑了笑，未多加解釋。

進入我們學院上課的地方之後，認出我的人明顯變多了，但由於圍繞在我身旁的他們太過耀眼，讓我變得相對透明，心情也放鬆了些。

「你們又不是室內設計或建築系的，怎麼還不走？」我看向他們，問道。

「因爲妳，我們整個寒假和過年都聯絡不上梁熙，現在好不容易見到人，難道不能多聊幾句嗎？」于淵抱怨。

「因爲我？」

「有人有異性、沒人性。」話少的顧清行一語中的。

我乾笑著扯了扯嘴角，「鯉魚，那你呢？」

「我是因爲——」

李榆安的回答，被一陣擾人的嘲諷介入，我們系大一頗有名氣的年級之花莊欣雅，正和一群女同學在大聲談論我的事。

她發現自己引起了我的注意，甚至走上前對梁熙說：「學長，你難道沒看到上學期末，學校論壇那篇關於趙織光的文章嗎？」

莊欣雅對我的敵意，我早在之前的聯誼活動上就感覺到了，如今我私底下的一面被揭露，她免不了落井下石一番。

同夥的女同學們也藉機附和。

「趙織光根本配不上你。」

「以前就覺得她長相一般，只是手段高明了點，沒想到私下竟會那麼邋遢不堪。」

「我們系上是都沒美女了嗎？這樣也能當系花……」

李榆安跳出來擋在我前面，「妳們不要太過分！」

莊欣雅有恃無恐地斜睨他一眼，「你是學姊的誰呀？關你什麼事？」

此時，整件事情的罪魁禍首也出現了。

高閔星幸災樂禍地走過來，神情囂張，言語充滿挑釁：「喲，織光，開學第一天，這麼早？」

梁熙淡漠的目光掃向他，伸手抵制他的靠近。

高閔星倨傲地仰起頭，拍開他的手，「想英雄救美，也要看你幫的人值不值得。」

于淵笑著嘖了一聲，「奇怪了，現在的人都管這麼寬的嗎？」

心虛的莊欣雅覺得沒面子，不甘心地拿出手機，把從貼文上下載到相簿裡的照片秀出來，「學長，趙織光一直都在裝模作樣地欺騙你呀！」

我忍無可忍地擠到他們中間，沉聲開口：「妳夠了吧？妳以為這樣，梁熙就會喜歡妳嗎？」

「就算學長不喜歡我，我也看不慣他跟妳這種虛偽的人在一起！」

旁邊圍觀的女生們齊聲贊同她的話。

「妳配不上學長！」

「妳太假了！」

「這種事好像不是妳們說了算的吧？」我才不要懦弱地躲在梁熙身後，我要捍衛自己，「我就偏要跟他在一起，妳們能拿我怎麼樣？」

為了氣她們，我主動牽起梁熙的手。

莊欣雅和她的同伴們被我氣到語塞，一旁看戲的高閔星雙手環胸，鄙夷地看著我，「趙織光，虛偽的一面被揭穿後，還能如此理直氣壯，妳真噁心。」

「虛偽又如何，你不是也喜歡過嗎？」我不客氣地反擊，「你委託他人在學校論壇上公開那些照片，不就是為了要看見我這一面嗎？我只不過是如你所願罷了。」

或許是因為我不如預期的反應，高閔星的臉色驟變，一副吃鱉的模樣。

方才一直保持沉默的梁熙說道：「侵害他人隱私，是要負擔法律責任的。」

周遭的議論聲驟止，眾人的目光忽然一下全聚到了高閔星身上。

顧清行慢條斯理地接著說：「刑法第三百一十八條，無故洩漏因利用電腦或其他相關設備知悉或持有他人之秘密者，處二年以下有期徒刑、拘役或一萬五千元以下罰金。」

高閔星瞬間臉都綠了，支吾其詞：「你們怎麼知道……而且，那篇文章早就被刪掉了，你們沒有證據……」

「那篇文是我刪的。」梁熙的嘴角揚起一抹若有似無的淺笑，「而且我有存證。」

「得不償失啊，兄弟。」幸災樂禍的于淵只差沒有吹口哨。

現場頓時陷入一片靜默，憤恨不已的高閔星甩頭離去，圍觀群眾也跟著漸漸散去。

等那些女同學們終於離開後，我便想放開剛才牽住梁熙的手，卻被他緊握不放。

「剛才是爲了氣那些人才牽的……」我囁嚅。

梁熙低笑，「可我不是。」

我害羞地抿了抿唇，說道：「那個……眞的能採取法律行動嗎？」

「妳覺得呢？」

「沒、沒必要吧……」我不想再把事情鬧大了。

梁熙揉揉我的髮頂，「經過這次，他應該會收斂點了。」

李榆安他們回各自的系所後，梁熙送我到教室外，「妳確定還要上課嗎？」

「什麼意思？」

他用手指點了點腕錶，「已經遲到了。」

「遲到也還是要上啊。」我可不想錯過開學第一堂必修課。「你沒課嗎？」

他彎下身，在我耳邊低語：「不如……我們一起蹺課吧。」

我的臉頰瞬間發燙，推開了他，「我才不要！」

梁熙手插口袋，退了一步，淺聲交代：「如果在班上受委屈了，就告訴我。」

「我還能怎麼受委屈？沒人欺負得了我，你剛才不也見識過了？」我向他揮手，再三保證：「別擔心，我會自己看著辦的。」

梁熙笑了笑，「李榆安的手機不會再丟了吧？」

就知道他沒那麼大方，我才不想介入他和李榆安之間的「私人恩怨」，不予理會地走進教室。

童允樂沒意外地蹺課了，花花和一個我完全沒見過的男生坐在教室的最後一排，他們時不時說著悄悄話，若我沒猜錯，那個男生應該是童允樂之前提到的應外系男生，今天是來陪花花上課的。

下課時，幾名女同學經過我身旁時對我冷嘲熱諷。

我並未將他們的話放在心上，反而留意到花花投過來的視線，她咬著唇，眼中透露些許遲疑，抱著手中的書往前走了一步，但就在我以爲她會主動向我走來時，她卻被身旁的男生攬住肩膀，往教室外帶去。

倒是耗子從後方點了點我的肩膀，等我回頭，他又繞至前方，坐在椅背上，問道：「妳還好嗎？」

我覺得他也是來找碴的，所以不打算回答他。

許是看出我的戒心，耗子趕緊解釋：「趙織光，我沒有惡意。」

「你不是想來跟我八卦什麼的嗎？」

「不是啦！我還分得清輕重。」

對於耗子的態度，我還挺訝異的。

「很多女生都是因爲喜歡男神才會趁勢攻擊妳啦！但男生們可能就當笑話來看，嘴賤個幾句就過了，妳別想太多。」

「你也是嘴賤的類型啊。」我忍不住吐槽。

耗子笑了幾聲，搔了搔後腦杓，「聽妳這樣說話，有點不習慣。」

我一邊收拾東西，一邊漫不經心地和他聊了會兒天，直到他提起自己和梁熙的對話──

「之前有一次我在學院附近遇到他，問他是不是喜歡妳。」

「他說什麼？」

「他沒有正面回覆我。」

聽到耗子的答案，我並不意外。

「於是我說，你喜歡她什麼？因爲她漂亮嗎？還是因爲她溫柔善良？」

我想都沒想便道：「他是不是又沒回答你？」

「對啊，妳怎麼知道？」

我翻了一個白眼。

「後來我就問他，如果哪天妳不如他所想，他依然會喜歡妳嗎？」

「你還眞是不死心。」

「但這次他反問我，如果你很喜歡吃蘋果，買了一袋，卻發現裡面有幾顆爛了，就會整袋丟掉，從此不再吃了嗎？」

「然後呢？」截至目前爲止，我已經不期待聽見他們之間會產生什麼有意義的對談。若我想得沒錯，梁熙就是把我比喻成蘋果了。

「我說不會啊，他就說他也是。」或許是因爲看出我逐漸顯現的不耐煩，耗子趕緊說重點：「他說，他相信，每個人做某些事情，都會有背後的原因，這樣想的話，也沒有什麼好苛責的。」

我爲之一愣。

所以……梁熙一直都能理解我，也一直都在我身邊……

「男神不愧是男神。我看到學校論壇的貼文時，其實也很傻眼，但後來想到梁熙說的話，就覺得多少能理解了。」

我斂下目光，輕聲開口：「……耗子，謝謝你喔。」

這句道謝，讓他不好意思了起來，「噯，客氣什麼？我們是同學欸！」

走廊上，因爲某人的出現而掀起騷動，耗子順著聲源望去，推了推我，「是梁熙欸。」

我低頭，將掉落的髮絲勾回耳後，因爲感覺到周圍女同學們不友善的視線，而有些爲難，我被討厭的程度可能瞬間就竄升了幾個百分點。「他這樣會讓我更陷入水深火熱之中。」

「那我先走了喔。」不想當電燈泡的耗子背起書包走人，留下遲遲沒動作的我。

梁熙沒有在外面等我，而是直接走進教室。

瞥見走廊上，從窗外關注著我們的同學們，我皺起眉頭，「你怎麼來了？」

「接妳吃午餐。」

「你都沒別的事要做嗎？」

「沒有。」

「少來。你不是寒假前就受活動組長所託，要在校園祭的開幕典禮上演出嗎？剩沒幾天了，都不用排練？」

「得先做重要的事。」

「來接我吃飯這種瑣事怎麼會——」

他打斷我的話：「喜歡的人優先。」

我差點沒被自己的口水嗆到。

梁熙笑得猖狂，「現在可以走了嗎？」

教室外圍觀的女同學，爲他舉手投足間散發的魅力瘋狂，「好帥啊！」

我輕咳一聲，正色以對：「你不可以在學校裡這樣對我。」

「怎麼了？」

「你還說要保護我。」我指著窗外，「你越這樣，那些女生們會越討厭我。」

「妳在乎？」

「我……」嚴格來說，我並不在乎，只是希望這場從上學期末延續至今的風波能快點平息。

見我答不上話，梁熙改口問：「不餓嗎？」

我懊惱地背起包包，越過他走出教室。

梁熙長腿一邁，很快便走到了我身旁，壓根不在意那些幾乎要將我焚燒殆盡的忌妒目光。

「我一定會被你那些女粉絲找出去約談……」我按住額頭呻吟。

「我會保護妳。」

我說不過他，索性放棄無謂的抵抗，反正我什麼都贏不了他，就連上學期共同修的幾門課，他都能用滿分的成績讓我輸得心服口服。

第十章　男神，你等等

未來，我希望你能平凡一點，而我，再更努力一些。

「校園祭」是景大每年都會舉辦的活動，於下學期第一週的星期五、六、日舉行。校內的中央廣場會進駐三十幾座由合作贊助廠商設置的攤位，形成小型的文創市集，而廣場上的露天舞台，也會有一系列的社團表演，因此上學期期末一結束，學生會的活動組就開始邀請各大社團，一起準備開幕典禮及相關活動內容。

去年梁熙還沒轉到景大，而我除了讀書厲害了一點之外，也沒有其他特殊才藝，所以負責我們兩科系的活動組只能自行準備一齣很乾的話劇表演。

今年他們第一時間就把腦袋動到梁熙身上，寒假前敲定時程後，便立刻向他提出了小提琴和鋼琴的演奏邀約。

奇怪的是，向來低調的梁熙，居然莫名其妙一口就答應了，連于淵和顧清行都感到意外。

我雖然猜不透他在想什麼，但能看帥哥表演當然好啊。

開幕活動的表演，會在學校經常提供演藝人員或社會團體租借使用的景大體育館進行，共有三層觀眾席，可容納近三千人左右。

童允樂本來打算一早就去占位，但不知爲何，晚上六點選修課結束時，我發現她和李榆安一同出現在系所大樓。

「妳不是說要先去占位嗎？」

「李榆安說我們有特別座位。」

「特別座位？」

「嗯啊，舞台前第一排，而且是正中間的位子。」

「有這麼好的事？」我疑惑地瞥了李榆安一眼。

童允樂攤手，「我也很意外。」

「活動組怎麼這麼好？居然會釋出特別座？」

「是梁熙要求的，作爲演出的交換條件。」李榆安解釋。

「還可以這樣的嗎？」

「爲了讓他點頭，這點要求不爲過吧。」

等到盧巧縈和我們會合後，耗子也從樓梯上衝了下來，急急忙忙地說：「走吧、走吧!我朋友已經幫我占好位了，他說現在人超多的，果然男神的魅力無法擋啊！」

「要不是耗子在大一時和班上的一個女生告白過，我還以爲他喜歡的是男生。他穿著中性，時常男神、男神的叫，每次提及梁熙，眼底是滿滿的崇拜。」童允樂在我耳邊小聲道。

抵達體育館後，我們擠了快半個小時才進入會場。因爲除了校內的學生憑出示學生證可以免費入場外，校外的人需要購買活動券，還要驗票，所以進場速度非常緩慢。

眺望會場，一樓和二樓的座位及走道幾乎都已經占滿了人。

「聽說去年還沒這麼多人呢！梁熙哥的魅力果然無法擋。」盧巧縈興奮地揮了揮握在手中的螢光棒。

我剛剛似乎看見妍光的同學坐在一樓會場中間的位子，他們肯定是爲了梁熙來的。

一位脖子上掛著活動組工作證的男同學朝我們小跑步而來，「你們終於到了！請跟著我走。」

接著耗子便去找他的朋友了，而我們隨著工作人員往第一排的方向移動。

入座後，盧巧縈眼睛發亮，左顧右盼，「眞的在第一排耶！」

我故意讓盧巧縈坐在李榆安旁邊，她察覺到我的小心思，感激地看了我一眼。

不久，于淵和顧清行坐進童允樂身旁的空位，「嗨！」

「梁熙也有留位子給你們？」我問。

「不用他留。」于淵伸出食指在空中搖了搖，「我們本來就跟活動組的人關係很好。」

活動在七點半準時開始，會場內幾乎是一片漆黑，只留下舞台上的兩盞聚光燈照向活動主持人。待主持人念完開場白，僅剩的兩盞燈光也被關掉，會場再度亮起時，音樂系的表演者們皆已就位。

此時，梁熙才從舞台左側出現，全場歡聲雷動。

他身穿一套黑色西裝搭配白襯衫，敞開的領口露出優雅的頸部線條。

向觀眾鞠躬致意之後，他拎著小提琴，擺好架勢，跟隨著指揮的指示，流暢地拉出一首布拉姆斯的D大調小提琴協奏曲。

他令人驚豔的演奏技巧，絲毫不輸音樂系的學生，讓現場觀眾不自覺地屏息聆聽。

直至曲目結束，梁熙將小提琴遞給協助轉場的工作人員，走向鋼琴，燈光單獨打在他身上，他一舉一動都散發著自信光彩。

「梁熙哥帥翻了！」盧巧縈的讚嘆淹沒在眾人的尖叫聲中。

接下來，是鋼琴獨奏。

梁熙的指尖在黑白琴鍵上翩然起舞，待前奏結束，旋律漸緩，他傾身向前，靠近架在鋼琴旁的麥克風，開始自彈自唱——

And I'm thinking'bout how people fall in love in mysterious ways
Maybe just the touch of a hand
Well, me, I fall in love with you every single day
And I just wanna tell you I am
So honey, now, take me into your loving arms
Kiss me under the light of a thousand stars
Place your head on my beating heart, I'm thinking out loud
Maybe we found love right where we are

〈Thinking Out Loud〉，詞曲：Amy Wadge, Edward Christopher Sheeran

「沒想到這傢伙這麼浪漫，眞是長見識了。」于淵揶揄道。

「他是唱給妳聽的嗎？」童允樂羨慕地深深嘆息，「好浪漫喔！」

舞台燈效隨著抒情的鋼琴聲漸歇後全部亮起，主持人在震耳欲聾的尖叫及安可聲中從幕後走出來，同樣激昂地說：「哇，實在是太棒了！讓我們謝謝梁熙同學的表演！」

「謝謝。」梁熙起身走向主持人，禮貌地回握他伸出來的手後，離開了舞台。

「蛤？沒有訪問嗎？」

「話好少，不夠啦！」

坐在後排的女生們連聲抱怨。

童允樂也好奇地問：「爲什麼呀？」

「這些都是提前排好的，梁熙不想說話，他們無法勉強。」顧清行道。

內心一度陷入掙扎的我終於決定豁出去了，「我去找梁熙。」丟下這句話後，我便匆匆起身往後台側門走去。

當我好不容易穿過擁擠人群，進入後台通道時，幾名脖子上掛著工作證的女同學突然擋住我的去路。

「妳要去哪裡？」

她們氣勢洶洶，一雙雙眼睛不客氣地瞪著我。

「去後台。」我想越過她們，卻被抓住。

其中一個女生甚至用力推了我一把，「趙織光妳識相點，別再靠近梁熙了！」

「像妳這麼做作的女生，根本配不上男神。」

「眞不要臉！」

「虛僞、噁心！」

她們教人忍無可忍的態度使我厭煩，我挺胸走向前，「妳們憑什麼教訓我？自以爲跟梁熙很熟？」

「我們就是看不慣妳這麼假的人在他身邊打轉啦！」

「笑死人了。」我冷笑，「不要以爲沒有我，他就會看上妳們！」

此番話徹底惹毛了她們，帶頭的女同學趁亂用力搧了我一巴掌。

我不甘示弱地回手。

啪！

她錯愕地摀著臉，一臉難以置信，說不出話。

須臾，梁熙出現，他淡然的神情，在見到我臉上的紅腫後驟變，「妳們這是在做什麼？」

「趙織光講不贏我們就動手！」她們惡人先告狀。

我懶得爲自己辯解，低頭輕輕觸摸發腫的臉頰。

梁熙對她們說的話置若罔聞，走到我面前拉下我的手，「別碰。」

「我也打了她，算扯平了。」我滿不在意地撇嘴，以前被排擠時，又不是沒遇過這樣的事。

然而梁熙卻沉下臉色，語氣陡然冷了幾分，「我覺得夠了。」

「梁熙，趙織光她根本──」

他冷聲打斷她的話：「我喜歡誰是我的事，和外人沒關係。」

「可她配不上你！她人前人後不同樣，搞不好就連對你都是……」

「那又如何？」他環顧眾人，「我願意。」

「沒想到你眼光居然這麼差？枉費我們如此崇拜你！」

「就是說嘛！太過分了！」

女同學們忿忿不平的撻伐聲此起彼落，但梁熙並未受到影響，反而更加堅定地牽起我的手，「我們走。」

有兩位不服氣的女生擋住我們的去路，欲張口叫囂，卻在見到梁熙凌厲的目光後怒不敢言。

「讓開。」

僵持了幾秒，她們才不甘心地跺腳，側身讓路。

等走到人煙稀少的地方，梁熙悶不吭聲地鬆開我的手。

「你在……生氣？」我小心翼翼地問。

他停下腳步回頭，薄唇緊抿成一直線。

我為緩和氣氛而笑了笑，「哈，我被打都沒有生氣了，你生什麼氣？」

他沉默了一陣後輕嘆，眼底充滿心疼地開口：「疼嗎？」

「不疼。」我搖頭，故意開玩笑：「反正臉腫了還是一樣漂亮，對吧？」

梁熙沒有答話，轉頭背對我繼續往前走。

「你是在生我的氣嗎？」我追了上去。

他沒有停下來，低聲說道：「不，我在生自己的氣。」

「爲什麼？」不曾見他如此的我，有些慌了。望著他的背影，我忽然打從心底地感到一陣莫名地委屈、想哭。

這些年，我以爲自己的脆弱，已經隨著長時間的僞裝而變得堅強，可爲何每每在他面前，我仍然像個長不大的小孩一樣，想要依靠他，希望他會無論如何都站在我這邊，和我在一起……

因爲我喜歡他。

這份心意，此時此刻，我想立刻告訴他。

隔著幾步之遙，這次，我不想再因爲旁人的眼光，而有所顧忌。我放下矜持，隨心之所向地放聲大喊：「梁熙，我喜歡你！」

梁熙的身體明顯一僵，眼中滿是震驚地回首，遲疑了一會，臉上才逐漸浮現欣喜。望著這樣的他，我的雙腳不聽使喚地向前奔跑，然後，二話不說對準他的唇，親了上去。

梁熙摟著我的腰，我甚至能感受到一份親暱的溫暖，半晌，他稍稍退開，神情溫柔，卻嘴上不饒人地說：「妳是小學生嗎？」

「你什麼意思？」我激不得，想掙脫他的懷抱，卻被抓得更緊。

我們鼻尖碰著鼻尖，他笑道：「我教妳。」

話落，尚未待我反應過來，他一手環腰、一手拖住後頸，印下霸道深情的吻。

有別於方才的衝動，這回纏綣而溫存，偶爾彷彿有電流竄過身體，搔著我被他來回撫摸的脊背。我們唇齒相連，融化在彼此的氣息間。梁熙雖主動強勢，卻不忘令我感受到他獨有的珍視與憐惜。

「梁熙，你當我的男朋友吧，我想和你在一起。」

他沒有馬上答應我，害我緊張了一下。

「你……不想了嗎？」

梁熙輕攏我被他搓亂的長髮，順著肩膀、手臂而下，直至握住我的手，「妳確定了？」

「你不是說，我一旦決定好某件事，就絕對不會輕易放棄嗎？」我緊緊地回握，「我們的愛情也會如此的。」

他動容地將我擁入懷中，窩在我的頸間點頭，「好。」

我心滿意足地喟嘆。

人生中第一次和男孩子告白，沒有夢幻的場景，沒有浪漫的對白，只有左臉頰腫了，還有點像在逃難，但是有男朋友的感覺眞好。

須臾，梁熙稍稍退開，審視了會兒我的臉頰後道：「對不起，沒保護好妳。」

原來他剛才是在氣這個……還眞不像他會說的話。

「你能堅定不移地在我身邊，就是最好的保護了。」

因爲有他在，我便無所畏懼。

週五的最後一堂課結束，我收到李榆安的LINE訊息：「織光，我晚上會去妳家吃飯喔。」

「我知道。」

「晚點見。」

回覆完李榆安的訊息，我收拾東西，出發前往E7B教學中心二樓的多媒體教室，和梁熙碰面。

多媒體教室的門開著，裡頭傳出交談聲，除了梁熙之外，似乎還有別人在。原本打算直接進去的我，一時調皮地退了幾步，躲在門外偷聽。

于淵指掌把玩的書在空中旋轉，問道：「你LINE頭貼怎麼換了？」

「女友視角，不是很明顯嗎？」顧清行道。

梁熙笑了，「你們很閒？不待在自己的系所，整天往我這裡跑。」

「他在嫌我們多管閒事嗎？」于淵明知故問。

顧清行聳了下肩。

于淵這個人，從來不懂何謂自討沒趣，繼續自顧自地說：「換了也好，之前那張頭貼簡直像孤獨的一匹狼，我早就跟你說過了，人就不該活得那麼孤單，要敞開心扉接受美好的事物。」

「嗯，以後不會了，我有趙織光。」

「……你噁心到我了。」于淵滿臉嫌棄，「你還是我認識的那個梁熙嗎？」

「這話題不是你提的嗎？」顧清行訕笑，「而且，你還是先管好你自己吧。」

「你到底是站哪一邊的？」于淵抱怨，「同爲單身狗，你就不能合群一點？」

不等顧清行再開口，我衝了進去，「你能不能別欺負我男朋友？」

「誰欺負誰還不知道呢！」于淵哼了兩聲。

梁熙走過來，一手摟著我的腰，帶著我往教室外移動，「走吧，常和這傢伙說話，智商會降低。」

此話一出，某人M體質被激發，笑得樂不可支。

下樓途中，梁熙問：「晚上想吃什麼？」

「這樣丟下他們眞的沒關係嗎？」我心不在焉地回覆：「我晚上得回家吃飯，我爸媽邀請了李榆安……」

梁熙乾脆地點頭，「好，那我送妳回家。」

我還在思考著他們剛才的話題，好奇地問：「之前你LINE那張頭貼，是誰拍的啊？」

「我媽。」

「嗯……眞的感覺很孤獨，你媽媽拍下那張照片時，應該也很擔心吧？」

梁熙忽然停下腳步，迅速將我攬進懷裡，吻住我喋喋不休的嘴，然後看著面色通紅的我，一臉得意。

「你不可以老是用這招啦……」交往後，每次我們說到他不想討論的話題，他都用這個方式堵我的嘴。

「那怎麼辦呢？」他低沉的嗓音充滿誘惑，「我好像，有點上癮了。」

而我，嘴上罵著，卻根本無法抵擋他的魅力，「可惡！」

他究竟是怎麼從一個高冷的人設，變成這副模樣的？撩人的話張嘴就來。

不甘示弱的我，決定也來段出其不意的表白。

「梁熙，我有說過我喜歡你嗎？」

他停下腳步，溫柔地低聲開口：「有，妳說過了。」

我主動鑽進他懷裡，「那我要說到你聽膩爲止。」

「好。」

我們相視而笑，並肩走出校門口時，一群女高中生湧上來，瞬間把我從梁熙的身邊撞開。

她們熱情地包圍他，嘰嘰喳喳、七嘴八舌道：「梁熙學長，我們透過影片，看到你在校園祭的開幕表演，覺得你超帥、超棒的！」

「對啊、對啊！爲了你，我們明年也要考景大！」

「學長，你是建築系的嗎？」

搞什麼？這些女高中生還沒考上景大就已經在叫學長了？

我隔著人牆與梁熙無奈對望。校園祭的那場表演，讓他從校內紅到校外，展現了超高人氣，倒顯得我這個女友在他身邊越來越沒存在感了。

「請不要撞傷我的女朋友。」梁熙一把將我拉到身邊，正色道：「我只是個平凡人，需要私人空間，謝謝。」

他護著我離開，而那些女學生們沒追上來，只是在我們身後發出一陣雀躍的尖叫聲，似乎對於見到男神本人，感到興奮不已。

「你不太像平凡人。」我一邊吃醋，一邊揶揄，「平凡人不會像你這樣，十項全能。」

梁熙寵溺地瞥我一眼，有別於方才的嚴肅，笑道：「我接受女友的稱讚。」

「你這麼受歡迎怎麼行？」我懊惱地癟嘴，「我實在太難了。」

「放心，我眼裡只有妳。」

我笑了開來，「這還差不多。」

梁熙本來應該只是要送我回家的，可不知道爲什麼，打開家門後，他跟在我後面脫鞋，自動自發地和我一起走進客廳。

「你到底——」我正想問他時，老媽剛好從廚房走了出來。

「梁熙，你來啦！」她像是在對待未來女婿般，熱情地發出邀請：「晚上一起吃飯嗎？」

「好。」某人也很好意思，二話不說就答應了。

我懷疑他早就打好如意算盤，難怪聽我說李榆安晚上要來家裡吃飯時，一點反應也沒有。

太狡猾了！

「那你就坐吧，我去換衣服。」撇下他，我逕自上樓。

等我回到客廳，梁熙已經在沙發上睡著了。

「居然這麼累？最近晚上在做賊？」我無聊地伏在他胸膛偷看。

不愧是男神，睫毛這麼長，鼻子也太挺了，嘴唇薄厚適中、形狀漂亮，還透著淡淡的粉色，這張臉如果打扮成女孩子的模樣，應該也會很美吧……

結果看著看著，我也睡著了，直至聽見一陣十分刻意的咳嗽聲才被嚇醒。「爸！」

老爸站在沙發邊低頭看著我們，而我還趴在梁熙身上。

「我說女兒啊……」他雙手背在身後，搖了搖頭，語重心長地道：「你們雖然是男女朋友，但好歹也矜持一點。」

我倏地起身，而一旁占據單人沙發的李榆安，正翹著二郎腿滑手機，還一臉看戲的表情。

「我只是睡著了。」

「哦，姊醒啦！」幫老媽打下手的妍光端著菜從廚房走出來。

「嗯……」我以唇形向她求救——救我。

妍光聳了聳肩，看來也是愛莫能助。

「妳這樣分明就是比較喜歡人家嘛，會吃虧的！」老爸繼續曉以大義，「女孩子不能太容易被追到手，這樣男生會覺得沒新鮮感，很快就膩了不要了。」

「老爸！」我慌張地趕緊揮手要他別說了，要是被聽到怎麼辦？

但來不及了。

梁熙緩緩張開雙眼，看不出來像是剛睡醒，口齒清晰、態度從容地道：「叔叔，是我比較喜歡織光才對。」

他是不是已經偷聽一會兒了？

「梁熙啊，最近忙嗎？」上一秒還在對我說教的老爸，下一秒立刻表現得和藹可親，「你看起來很累啊！」

梁熙揉了揉鼻梁，回答：「還好，只是最近受邀參與一間建築企業設計團隊的提案策劃，有負責的項目，所以比較忙一點。」

「嗯，不錯，有前途。」老爸點頭。

滿意就滿意吧，我都看見你偷笑的樣子了老爸！

我輕扯老爸的衣袖，暗示他收斂點，但他卻拉開我的手，忽然旁敲側擊地問：「那學校方面……還好嗎？」

想必老爸是想關心我最近的狀況，卻不好直言，所以才拐彎抹角的。

梁熙和我交換了眼神，握住我的手，開口道：「叔叔放心，有我在，一切都會好的。」

老爸眼眶泛淚，拍拍梁熙的肩膀，露出欣慰的笑容，「織光這孩子呀，過去受了許多委屈，我和她媽媽很心疼，卻又不知道該怎麼安慰她，如今她身邊有了你，整個人都開朗起來了，這才是眞正的快樂……謝謝你呀，孩子。」

我低著頭，因爲不太擅長面對這樣感性的場面，而有些難爲情。

幸好老媽及時出聲，催促我們至餐桌就坐，準備吃飯。

我坐在李榆安和梁熙中間，對面坐著老媽和妍光。

但才剛用餐不久，氛圍就開始變得頗詭異……

他們都沒發現，我桌前的盤子，堆滿了吃不完的菜嗎？

起先是李榆安悶悶地夾了幾口菜到我碗裡，說那些都是我愛吃的，叮嚀我多吃點，但我覺得他這樣的行爲很故意。

接著，某人也不甘示弱地夾菜給我，還體貼地幫我把不愛吃的蒜頭挑掉。

直到我板起臉警告他們別再往我碗裡夾菜後，他們就改夾到盤子裡，變成現在這種局面。

老媽不知道是過於遲鈍還是純粹想看戲，只是笑咪咪地看著，而老爸的表情明顯不懷好意，感覺隨時會挖坑給我跳，只有妍光好心地幫我把盤裡的一些菜夾去吃。

「榆安啊！」終於，有人開口，「你現在有喜歡的女孩子嗎？」

結果挖坑的不是老爸，而是老媽！

我被飯粒嗆到猛咳，梁熙倒沉得住氣，微笑著遞了杯水給我。

「阿姨，我喜歡織光啊。」李榆安語出驚人，語氣卻彷彿是在談論今天的天氣一樣自然。

「哈哈哈哈哈！開什麼玩笑。」我爲掩飾尷尬而大笑。

襯著我的笑聲，他補充：「但是被拒絕了。」

我在桌下踢了他一腳。

老爸面不改色地點點頭，「你們都認識這麼久了，會喜歡很正常。」

我拿在手上的筷子抖了一下。

接收到我求救的目光，妍光出聲解圍：「榆安哥這麼體貼，肯定有很多女孩子喜歡吧？」

「對啊，鯉魚在學校裡很受歡迎的！」我趕緊附和。

「是嗎？」李榆安虛僞一笑，「我怎麼都沒發現？」

盧巧縈啊！她就很喜歡你，但誰知道你這麼遲鈍！

「如果，你能試著把目光放在別的地方，就會發現了。」梁熙道。

李榆安抽了一張面紙擦拭嘴角，邊說：「不用擔心，我不急著交女朋友。」

我脊背冒汗，「緣分這種事情很難說……」快點結束這個話題吧，拜託。

但李榆安彷彿仍覺得不夠解氣，繼續說道：「我還沒自信，能成爲像梁熙這麼好的男朋友。」

梁熙的視線越過我與他對峙了幾秒，展顏回應：「交女朋友的話，你一定能做得比我好。」

老爸分別瞄了他們一眼，終於好心出面打圓場：「你們就別互相稱讚了，都一樣優秀。」

早不出聲晚不出聲，你難道就不怕吃完這頓飯會消化不良嗎？我忍不住在心裡暗懟老爸。

「榆安，我們沒別的意思，只是希望你能找到一個不錯的女孩子。」老媽一臉誠懇親切，「這只是我們的關心，別有壓力。」

有壓力的不是李榆安，是我啊！

晚餐過後，李榆安待了一會兒，才說有事要先離開。

我穿著一雙拖鞋跟了出去。

「妳幹麼？」李榆安看著一身居家打扮的我，失笑道：「妳現在都不顧形象了是不是？」

「你還好吧？」

他不以爲然地聳肩，「我應該不好嗎？」

「鯉魚。」我輕喚，躊躇地問：「你是祝福我的……對吧？」

「當然。」他沒有猶豫。

「那就好。」因爲我的遲鈍，辜負了他這些年的守候，對於這點，我感到抱歉。

「輸給梁熙，我沒有什麼好不甘心的。」李榆安摸摸我的頭，「妳現在過得好嗎？」

「好。」沒有包裝，沒有無謂的虛榮心，我卻覺得什麼都擁有了。

「我看得出來。」他欣慰地說：「所以，我是眞心祝福的，只不過有時候心裡難免不平衡，妳就別怪我了。」

我總算放心地笑了開來，拍拍胸脯，「好吧，這點尷尬我還是能承受的。」

李榆安被我逗笑，擺了擺手，「快進去啦，我走了。」

送完李榆安，我回到客廳，發現梁熙不在，才想開口詢問，妍光就道：「梁熙哥在妳房間。」

我走上樓，看見房門開著，梁熙坐在椅子上，翻著最新一期的設計雜誌。

「你怎麼上來了？」

梁熙聞聲抬頭，「聊完了？」

「我只是覺得今天對他有點不好意思……」

「妳不用向我解釋。」他沉靜的雙眼，泛著溫柔細碎的光。

我坐在床上看他，笑而不語。

「在想什麼？」

「在想……」

梁熙放下雜誌，專注地望向我，「嗯？」

「這樣眞好。」

他單手輕捧我的臉頰，傾身給了我一個吻。

✦

這學期，我和花花有許多門課都沒選在同時段，見面的次數少了，也不曉得該怎麼主動打破僵局。

不過，童允樂說得對，有時候把一段關係放一放，留給時間消化也並非壞事。眞正的友誼，若這麼容易就散了，表示不夠堅定，也沒什麼可留戀的。

上完廁所，準備開門的時候，我聽見兩名不知道是哪個科系的女同學的對話——

「我覺得邱庭宜和應外系的林翰宇實在太不搭了。感覺林翰宇就是玩玩的而已，不是眞心的，他之前的戀情不也都很短暫嗎？」

「邱庭宜長得是很清純，有鄰家女孩的感覺，但稱不上漂亮吧，不曉得林翰宇到底喜歡她什麼。」

「我聽說他們是交友軟體認識的，大概是『照騙』給了她這個機會吧，哈哈哈哈！」

「反正我覺得林翰宇配她很可惜。」

她們的譏笑聲，在女廁內迴盪。

我聽不下去，忍無可忍地開門，道：「妳們是住海邊嗎？管那麼寬。林翰宇跟誰交往，關妳們什麼事呀？」

我扭開水龍頭洗手，洗完後刻意用力地甩了幾下。

被噴到的女同學生氣地抹去臉上的水珠，忿忿地開口：「趙織光，妳以爲妳又好到哪兒去？別以爲梁熙瞎了眼跟妳在一起，妳就能大聲說話了！果然是物以類聚，邱庭宜大概就是看妳這樣，才敢去高攀林翰宇。」

我撥了一下長髮，不怒反笑：「至少我們還高攀上了呢！哪像妳們，永遠只有乾瞪眼羨慕的份兒。」

「聽說妳跟邱庭宜鬧翻了，妳何必假惺惺地替她說話？」頂著一臉大濃妝的女同學不客氣地推了我一把。「難道又想跟以前一樣，裝出一副善良的模樣嗎？」

我不受她的言語影響，朝她步步逼近，她反而被我嚇得直往牆角後退，「趙織光，妳、妳妳妳想幹麼？」

我噙著詭譎的笑容，猛地朝她眼睫毛伸手用力一拔。

「好痛！趙織光妳在做什麼啦！」

我吹掉黏在指尖的假睫毛，微笑，「啊……原來是假睫毛呀，我還以爲沾到了髒東西。」

女同學拔聲尖叫，撲到鏡子前審視，發現精緻的眼妝被我毀了，氣到不停跺腳，「趙織光！妳太過分了！」

「妳不要戴假睫毛比較好看，眞的。」我故意再次向她靠近，嚇得她花容失色，趕緊拖著好友迅速離開女廁，深怕我再對她出手。

望著那兩道慌忙離去的背影，我得意地大笑，心情好好。

此時，另一扇廁所門被打開了，花花臉色蒼白地走了出來。

我們的視線透過鏡子交會，她走到我面前，聲音顫抖：「妳……爲什麼要幫我說話？」

我看著她，沒有馬上回應。

「那天，我話說得滿衝的，不是嗎？」

我點點頭，「嗯，是挺難聽的。」

「那妳爲什麼……」

「因爲我們是朋友。」

她咬著下唇，眼眶泛紅。

我趁機道：「沒錯，過去我的確不夠坦誠，但對妳的好，我一直都是眞心的。難道妳不是嗎？」

「妳就不怕幫我說話，會蹚渾水嗎？」

「那到時候，妳記得也要幫我啊。」

花花抹去眼角滑落的淚水，看了一下我的笑臉，難爲情地別過頭，「趙織光，妳眞討厭！」

丟下這句話後，她轉身洗手，匆匆離去。

「壞丫頭！」我笑罵。

從她剛剛的反應來看，我們應該快和好了吧？

走出廁所，我滑開手機，這才發現梁熙傳的LINE訊息：「妳在哪裡？」

我調皮地回覆：「我在你心裡呀！」

「那我就不去找妳了。」

「喂，你就讓我一下會怎樣？」

驀地，一道拉力將我圈進溫暖的懷抱中，梁熙靠在我耳邊低語：「確實不會怎樣。」

我驚喜地瞪圓了眼，「你怎麼找到我的？」

他的神情如春風一般溫暖，靜默了幾秒，說：「嗯……大概是因爲，妳在我心裡吧。」

✦

一年後。

「加油、加油！梁熙好棒！梁、熙、投、籃、無、人、能、敵！」

童允樂皺起眉瞥了我一眼，「我們系的啦啦隊能別喊這麼令人尷尬的口號嗎？」

「我也覺得。」

「還好應外系的啦啦隊挺正常的。」花花得意地道，順便拉攏跟她同一陣線的盧巧縈，「對吧？」

盧巧縈笑了笑以表認同，雙手緊握加油棒，全心全意地投入比賽。

童允樂的上半身橫過我，拍了花花一把，「妳到底站哪邊的？吃裡扒外。」

這次的景大籃球盃，採兩系聯合對抗制，室設系和建築系組隊，對抗應外系跟電機系，梁熙領隊代表的是我們兩個的科系，所以為他加油理所當然，但花花和盧巧縈的立場就有些為難了。

「沒辦法啦，人家男朋友是應外的。」我說。

「嗯，還有一個喜歡的是電機的。」童允樂意有所指地朝盧巧縈眨了眨眼，令當事人一陣臉紅。

「真是沒想到，林翰宇看起來一副沒在運動、瘦弱的樣子，打起籃球居然還挺有兩下子。」

花花氣噗噗地捍衛男友：「不准說翰宇壞話！他才不弱咧……」

「妳怎麼知道？妳試用過——」

「童允樂！」

傳聞，戀情總是撐不過三個月的林翰宇，這次居然被花花破解了魔咒，徹底跌破眾人眼鏡。身爲花花的好友，我們其實是很爲他們開心的，就是嘴上愛調侃了點。

我笑著摀住童允樂放肆的嘴，一手指向球場上移動著的英姿，轉移話題：「花花妳看！林翰宇進球了。」

嗶——

中場休息的哨聲響起。

戰況激烈，因此下半場的勝負至關重要。

兩隊目前正抓緊時間，在場邊各據一方，圍成一圈討論攻防戰術。

直到哨聲再度響起，各隊球員才紛紛就位。

下半場的比賽，雙方比數一直呈現膠著狀態，擔任播報員的兩位新聞系學生，輪流激動地解說：「哇！李榆安切到球，準備傳給籃下的林翰宇，卻被梁熙中途攔截成功，並且毫不猶豫地投出一顆三分球！進了！」

「哇喔，男神太厲害了，帥欸。」童允樂讚嘆。

盧巧縈猛敲加油棒，聲嘶力竭地大喊：「榆安學長加油！」

「目前比數來到三十二比二十四……」播報員宣布雙方戰績。

花花向盧巧縈借了一根加油棒，跟著邊敲邊喊：「翰宇加油！」

「A哥在三分線附近拿到球，把球交給梁熙，雖然情況有些危及，不太適合貿然出手，但是——進了！完美上籃！」

「李榆安跟林翰宇他們對上梁熙簡直是踢到了大鐵板啊，我覺得在防守的默契上，他們還需要再配合得更好一些。」

我用手肘頂了童允樂一下，再以眼神示意她別說了。

但播報員仍持續講著：「目前梁熙在外圍拿到了球，準備運球進攻，林翰宇想要攔截，卻因錯估梁熙的假動作而失手，反而讓梁熙逮到機會投籃。實在是太緊張了，等等！天啊、什麼？又是一顆三分球！」

全場歡聲雷動。

在經過一陣激烈的戰況後，我們隊以七十三比六十九拿下此次的勝利。

李榆安和林翰宇雖敗猶榮，為他們隊貢獻了大部分的分數。

比賽結束後，盧巧縈從座位上跳起來，丟下加油棒直接往球場上跑，激動地抱住仍搞不清楚狀況的李榆安。

童允樂跟花花笑成一團，「不愧是巧縈，真勇敢。」

「鯉魚那傢伙遲鈍起來跟我有得比，不這麼直接，他搞不好還不會發現呢。」我對她們說。

花花笑嘆，起身道：「欸，我要去安慰我家男人了，走嘍！」

童允樂催促我：「妳也去啊！不找梁熙嗎？他今天可是全場MVP呢！」

「那妳咧？」

「我跟我哥約了晚上一起吃飯，他已經在等我了。」

花花和我前後走下觀眾席階梯，林翰宇一發現她，立刻就把人給帶走了，然而球場邊卻不見梁熙的蹤影。

「你們隊長呢？」我隨便抓住一名球員問。

「梁熙？」球員搔搔頭，想了一下，「應該是去更衣室了吧。」

我順著他指的方向走去，剛進更衣室時沒見著人，轉了一個彎，才在角落的置物櫃前找到他。

「你怎麼這麼快就下場了？」

梁熙側首看向我，溫柔地揚起笑容，「妳來了。」

我原本想走上前，他卻突然脫掉球衣，露出精實的身材，看見他完美的六塊肌曲線，令我瞬間臉頰發燙，「天啊！」

我趕緊摀住眼睛別過頭，吞了吞口水。

梁熙十分邪惡，明知我害羞，還故意問：「妳怎麼了？」

我從指縫間偷看，發現他還沒穿上衣服，低聲抱怨：「你、你你你爲什麼不穿衣服？趕快穿起來啦！」

「我女朋友對我的身材沒興趣嗎？」

招架不住美色誘惑的我，決定拔腿就跑。

體育館外有很多不同系的學妹們拿著加油板在等梁熙，我怕被認出來，拉著長髮遮面，悄悄地從她們身邊溜走，沿途還聽見她們說——

「不知道梁熙學長什麼時候出來，好想跟他合照喔！」

「學長應該不會接受合照吧，女朋友會不開心啊！」

「梁熙學長和織光學姊兩個人也交往一年多了吧？」

「對啊，而且聽說他們感情超好，很幸福呢！」

「嗚嗚嗚，我的男神學長……」

好不容易擺脫人群，我獨自躲在一旁的角落嘆氣，男朋友太帥也是個困擾吶……

話說，梁熙怎麼換個衣服這麼久，到現在還不出來？

我掏出手機準備打給他，卻在此時發現訊息：「體育館後門。」

傍晚的徐風吹落盛開的花瓣，我在後門的一顆櫻花樹下找到梁熙，他臉上帶著對我獨有的溫柔，負手而立，沉靜且美好。

待我走至跟前，他替我把掉落的髮絲勾回耳後，說道：「倘若我說，或許，自初見妳的第一面起，我便對妳動了心，妳會信嗎？」

我雖然因爲此番話而動容，卻仍嘴硬地搖頭，「不信。」

像是早就猜到了我的反應，梁熙輕笑出聲，撇下我，逕自邁開步伐。

「男神，你等等！」偶爾，我會調皮地這麼叫住他。

而他，總會無奈又寵溺地停下來，回應我的呼喚：「嗯？」

我追上前，學他感性地開口：「你知道嗎？原來，我這二十幾年不順的戀愛運，是爲了等你出現。」

聞言，那雋朗的眉眼在細碎的光暈中，染上了一層溫暖笑意，他輕輕點了下頭，說：「我知道。」

全文完

番外
最長情的告白

「禮物還滿意嗎？」蘇聿的嗓音捲著一絲略帶鼻音的慵懶。

「感冒了？」梁熙問。

「剛醒。」

梁熙仰頭，看向不久前被他掛上客廳藝術漆牆的八開畫作，裡頭的男人和女人握著彼此的手，兩人的無名指上，都帶著一枚簡約的銀色婚戒。他們額頭相抵，無聲親暱，沉靜的神情間漫出幸福餘韻的笑意，除了「歲月靜好」，大概也找不到其他更貼切的形容詞了。

「千金難買的YU.的畫作，我要是不滿意，豈不就太不知好歹？」

「過獎。」

YU.本名蘇聿，被譽爲藝術界百年難得一遇的天才，十九歲憑著一幅名爲〈深海〉的藝術作品，在圈內初試啼聲，就一鳴驚人，但中間卻消聲匿跡了一陣子，直到二十幾歲遠赴德國後，才再次展露頭角。

他們當年是在蘇聿於東京舉辦的個展上認識的，那時梁熙正巧到日本出差，合作的廠商熱情地邀請梁熙到蘇聿的個展看看，梁熙盛情難卻，只好勉為其難地出席。

梁熙到了會場，四處張望了一會，沒想到任憑他再有藝術細胞，都難以對這些作品產生共鳴。

不同顏色的緞帶、以薄荷葉形狀拼湊出的幾何圖形，這場個展上的作品，幾乎全是由這兩者所組成的。

他興致缺缺，待了半個鐘頭便已至極限，就在他想找藉口離開時，餘光留意到角落一道佇立的人影，他站在一幅四開畫作前，而那幅畫，大抵是這整間展廳裡，僅有的寫實作品——書桌上擺著一盆薄荷草，鮮綠的莖上掛著一條刺目的紅色緞帶，緞帶的末端被綁上了蝴蝶結。

外頭的光透過窗櫺照了進來，那盆植物，是漆黑世界裡唯一的光。

梁熙是在看見廠商代表吉田先生主動上前攀談後，才得知蘇聿的身分。有了中間人的介紹，為兩個話少的人，免去了不少前期交流的尷尬。

不過，待吉田先生離去，蘇聿一針見血的問句，仍是令梁熙險些招架不住。

「你並不欣賞我的作品，對吧？」

「我想，在場很少有人能眞正讀懂你的創作。」梁熙沉著地回應。

藝術的領域既廣又深，且主觀意識強烈，即便是一名成功的藝術家，多半也得學會享受孤獨。

蘇聿摘下臉上的墨鏡，淡淡地扯唇，「你很誠實。」

「為什麼只有這幅畫與眾不同？」梁熙問。

「因爲在我的世界裡，一切都是黑的，唯有『她』亮著。」

「那盆植物，是一個很重要的人送的？」梁熙大膽地猜測。

「嗯。」蘇聿把玩著手裡的墨鏡，漫不經心地說：「但她……被我弄丟了。」

「女的？」話一說出口，梁熙才發覺自己有點失禮，但身爲男性，蘇聿本人未免長得太漂亮了。

蘇聿瞥了他一眼，「女的。」

「你愛她嗎？」

「我很需要她。」

「那她愛你嗎？」

「曾經吧……但現在可能已經忘了。」

「如果只是需要她的話，就別耽誤人家了。」這話雖傷人，倒也中肯。

當時的梁熙對蘇聿還不甚瞭解，後來他才慢慢發現，原來有時候，有些人口中的「需要」，其實就是「愛」的意思，只是他不懂得如何表達，也看不清自己的眞心。

當日的展覽結束後，一見如故的他們，在附近的餐酒館聊了一個晚上。

兩人偶然間提及大學時的一些趣事，這才發現，蘇聿和趙織光的好友童允樂的哥哥童予璃，是大學校友兼朋友。也因爲這層關係，讓梁熙覺得，兩人之間的緣分似乎更深了一些。

而讓梁熙更沒想到的是，趙織光很欣賞蘇聿的作品。

在他帶回來的眾多禮物之中，她唯獨對蘇聿個展上限量二十套的紀念明信片情有獨鍾，甚至將明信片拿去裱框，放在他們主臥的床頭櫃上，害梁熙一度懷疑自己的眼光與世界脫節了。

梁熙一直將趙織光的喜好默默地放在心裡，因此當他在準備和趙織光結婚三週年的禮物時，便向蘇聿提出了不情之請。他原本只是想買一幅蘇聿的簽名畫作，孰料對方居然說要特別爲他們畫一幅畫，並要了他和趙織光辦理結婚登記時，在戶政事務所拍攝的照片。

梁熙沒看過蘇聿畫過人像，蘇聿也坦承，自己並不擅長畫肖像，這輩子唯一畫過的只有他因乳癌病逝的阿姨，但那幅畫，早已隨著阿姨出殯時一同火化。

這令梁熙有些害怕，唯恐蘇聿會把人畫得四不像，於是再三地詢問：「你眞的要畫？爲什麼？」

「我心情好。」

梁熙有些無言，當下還偷偷在心裡吐槽，藝術家果然十有八九都是怪人。

現在，成品擺在眼前，他被蘇聿的實力折服，內心有股難以言喻的感動。

「不是說不擅長嗎？」以後蘇聿說的話都要打折。

「嗯，我謙虛了。」

「我很喜歡，謝謝。」梁熙望了眼一旁壁鐘上的時間，心不在焉地問：「酬勞，多少比較合適？」

「眞的要跟你算的話，你恐怕買不起。」蘇聿囂張得很。

梁熙翻了個白眼，決定開啟新的話題，「你現在在睡哪門子的覺？」

「調不動時差。」

「那你是在過哪國的時間？」

「和你同一國。」

「你回來了？」

「昨天。」

梁熙頓了頓，「不是不回來嗎？」

「回來參加白尚藝廊的五十週年紀念典禮。」

梁熙驀地想起前幾日，在建築雜誌上看到的藝文專欄，「原來藝文專欄中提到的神祕嘉賓是你。」

這可是蘇聿成名後，第一次接受國內活動的邀約。

「你……終於想通了？」

「我找到她了。」

「讓我猜猜，她是已婚了還是當媽了？」梁熙調侃。

這麼多年來，蘇聿不敢回國，不敢查和那個女人有關的消息，就是因爲怕她不願意原諒他，怕她身邊已有了別人，或是已結婚生子，而其中最怕的，是那個人此生都再與自己無關。

「有人幫我查了。」照理說，蘇聿聽見這話是會生氣的，但最近他心情好，就不計較了。

「看來是好消息，恭喜。」

「今天是你和你老婆結婚三週年的紀念日，禮物準時送到，你滿意就好，掛了。」

梁熙勾起唇角，「我欠你一次。謝謝。」他很少有求於人，這回是真的欠大了。

蘇聿哼笑一聲，十分不客氣，「會要你還的。」

結束通話後，梁熙發覺時間已經不早了，趙織光卻還沒回家，正想打給她，大門就傳來指紋解鎖的聲音。

梁熙迎上前，劈頭便道：「去哪兒了？」

說好今天請半日，中午過後就回家，這會兒都已經五點多了。

趙織光放下手提包，哭喪著臉，一見到梁熙便立刻撲上去尋求安慰，「嗚嗚嗚嗚。」

梁熙抱起賴在身上的無尾熊走到客廳，坐進沙發，「說說？」

「那個王小姐根本故意刁難我！她委託我設計，肯定是醉翁之意不在酒，想打你的主意。」

王小姐是梁熙建築事務所同事的妹妹，剛在鄰近社區買了一戶位於十六樓的三十坪房子，透過關係認識趙織光後，便委託她負責新家的室內設計。

上次趙織光帶梁熙一起去見面討論時，對方口口聲聲說會尊重專業，相信她的設計，全權交給她發揮，結果這幾天，光是儲藏室跟電器櫃的空間，就改了三遍。今天本來是要去確定最終版本的，但最後盧了兩個多小時還是退回來要她重新設計。

「你信不信如果我帶你去，她絕對不會這麼難搞。」

梁熙失笑，「那妳要帶我去嗎？」

「她想都別想！」趙織光鼻孔噴氣，越想越生氣，「她既然一直拿不定主意，那就乾脆給她多點時間冷靜想想，我要先處理別的案子了。」

梁熙揉了揉她的髮頂，安撫道：「那妳也別氣了，會長皺紋。」

趙織光輕嘆，點了點頭，「跟她開完會後，公司又臨時找我回去處理事情，所以才拖到這麼晚，對不起喔！」她抱住梁熙，把臉埋進他的頸窩撒嬌，好奇地問：「你要給我什麼驚喜？」

「妳剛才沒看到嗎？」

「看到什麼？」

梁熙指了指上面，趙織光順著方向抬頭，發現了畫作。

她掙脫他的懷抱站起，欣賞之餘，驚豔地問：「這是你請人畫的？」

「嗯……算是吧？」梁熙跟著起身，伸手摟住她，「喜歡嗎？」

「喜歡，畫裡的我們看起來好幸福呀。」

梁熙挑眉，「現實中的我們不幸福嗎？」

趙織光嗔笑，輕拍了他一下，「誰畫的？」

「那裡不是有簽名嗎？」梁熙朝畫框的右下角揚了揚下巴。

「蘇聿？」趙織光難以置信地瞪圓了眼。

「妳不是很欣賞他的作品嗎？」梁熙淡淡地解釋：「本來我只是想跟他買一幅現成的，結果……出人意料之外。」

「……你們什麼時候變得這麼要好了？」趙織光疑惑地問。

他們要好嗎？梁熙不以爲然地聳肩，「他只是心情好。」

「這幅畫要是拿去賣的話，一定可以賣到很高的價錢。」趙織光邊仔細地審視畫工，邊滿意地道：「蘇聿現在的身價那麼高。」

「這是我們結婚三週年的禮物，妳捨得拿去賣？」梁熙有種眞心換絕情的感覺。

「當然捨不得，我就是說說嘛。」趙織光吐舌，討好地笑了笑，「我們晚上出去吃好了，你別麻煩了。」不知道現在還訂不訂得到好吃的西餐？趙織光腦筋飛快地運轉著，思考替代方案。

都怪她最近實在太忙，沒時間準備禮物，若非梁熙前幾天提及，她還差點忘記了。他明明說在家簡單慶祝就好，卻連蘇聿大師的畫作都弄來了，這份用心的程度，眞不如口中的那般「簡單」。

而她倒是眞的過於疏忽了，只買了一張卡片，還沒時間寫，到目前仍是空白的……

「我食材都買好了，而且妳不是前陣子吵著想吃我煎的牛排？」

「我捨不得老公辛苦嘛！」趙織光像章魚一樣巴住他，令他寸步難行，「我們休息一下就出去吃吧？」

梁熙拉開她，反手將她按進沙發裡，「妳休息一下，我煮好叫妳。」

趙織光汗顏，這樣不就更顯得她沒心嗎？

待梁熙走進廚房，趙織光便偷溜進主臥室，拿出她收在化妝桌抽屜裡的卡片，打算寫一些感人肺腑的內容，多少掩蓋一下什麼禮物都沒準備的尷尬。

但她不擅長浪漫，糾結了半天，也不知從何下筆。想著想著，竟睡著了。

當梁熙備好燭光晚餐，並在主臥室裡找到趙織光時，她趴在桌上枕著手臂陷入熟睡，神情安逸地發出細微的鼾聲，似乎正在做美夢。

梁熙捨不得叫醒她，輕輕地抽出那張壓在她臉下的卡片，上面只寫了「老公」和一個冒號。

他有些哭笑不得，卻又覺得，這才是趙織光，這麼多年，她都沒變。

偶爾這樣靜靜地看著趙織光時，梁熙會想起那年，他和父母行經公園，看見一名打扮得特別居家的女孩，在斥責三個欺負流浪貓的小屁孩。

「你們父母難道沒教你們，要尊重生命，愛惜小動物嗎？」

女孩抱出受困在紙箱裡的流浪貓，從其中一名小孩的手裡搶走塑膠管，氣呼呼地質問他們叫什麼名字、住哪裡？哪間學校的？又威脅他們要是再被她看到，就報警或去他們學校告訴訓導主任。

「再拿塑膠管敲貓咪，我就敲你們！」她握著手裡的塑膠管，凶神惡煞地道：「還不快走！」

孩子們不歡而散，趙織光確認他們不會再回來搗蛋後，才放心地放下懷中的虎斑貓。恢復自由的貓咪似道謝般地在她面前轉了兩圈後，才一溜煙地跑走。

和梁熙一同目睹全程的梁家父母，對她有愛心的行徑讚不絕口，畢竟這年頭善良的人不多了。

而那天晚上，他們從親戚家離開，再次經過公園時，他又發現她蹲在地上，拿著罐頭在餵一隻神似稍早被她救出的貓。

原本以爲，這段插曲很快就會被遺忘，但許是女孩的舉動實在令人印象深刻，後來，在他回國考完轉學考的那天，他幫媽媽送東西給親戚時，又在鄰近公園的巷弄，看到女孩不顧形象地趴在柏油路上，拯救受困在車底的小狗。

一樣的居家打扮，一樣的古道熱腸。

他就那麼相隔著一小段距離，看著女孩救出小狗，然後渾身髒兮兮地抱著一隻同樣髒兮兮的小狗，往住宅區走。

待回過神，梁熙發現自己居然站在原地傻笑，更讓他意外的是，自己竟然還記得她。不知道下次再來拜訪親戚時，會不會再遇見她？

果不其然，後來他又在附近的便利商店見過她幾次。

緣分有時就是如此奇妙，當他在環境心理學的課堂上，與她再次相遇的時候，更是印證了這點。

只是他沒想到，當時女孩會以完整的妝扮、虛僞的笑容，客套地向他自我介紹：

「梁同學你好，我是趙織光。」

這讓刻意選擇坐在她身旁空位的他，感到失望。

不過，有趣的是，他隱約察覺到，在趙織光溫和有禮的表象下，似乎藏著不爲人知的一面，以及對他莫名的敵意，這興起了他的好奇和想更深入認識她的念頭。

於是，在他不小心看見趙織光的課表後，便特別選修了商業英文課，就爲了能增加和她互動的機會，因此，也才有了後續他們的相知相愛。

顧清行曾經問他，是從什麼時候喜歡上趙織光的？

那個問題，至今都沒有標準答案。

或許，是從初見她的第一面起，他就看到了她的本質，被她所吸引，又或許，是在他們點滴的相處間，不知不覺堆疊出的情感。

但對他而言，愛情是怎麼開始的，一點都不重要，重要的是他遇見了她，並且擁有了她。

梁熙彎身親吻趙織光的臉頰，溫柔地道：「織光，醒醒，吃飯了。」

如羽扇般的睫毛輕震，趙織光先是緩緩地睜開惺忪的睡眼，須臾忽然精神地坐起，找尋桌上的卡片，「嗯？怎麼不見了？」

「我心領了，妳不用急著寫給我。」

趙織光面露歉疚地低頭，「對不起……之前明明是我跟你說要注重生活儀式感的，結果……」

「妳沒有浪漫細胞，但又希望另一半能浪漫，我知道。」

唉，事到如今，即使被吐槽，她也只能認了。

梁熙輕捏她的鼻尖，望著她靜默了一會兒，開口道：「織光，妳還是不想辦婚禮嗎？」

「我們都結婚這麼久了，你怎麼突然問這個？」

「就是覺得……應該給妳一場婚禮。」

當年，他在歐洲的一間教堂前向她求婚，她答應了，卻說不要婚禮、不要繁文縟節，所以他們便在回國後的某個週末，直接去戶政事務所，在李榆安和盧巧縈的見證下登記結婚，搬進了他父母爲他們準備的房子。

梁熙還記得登記那日，他跟她說：「未來，只要妳想，我們隨時可以補辦婚禮。」

但趙織光卻說：「我只要能永遠跟你在一起就好。」

他們婚後的日子過得平淡，卻心靈富足。

婚房的設計、軟裝潢，都由趙織光一手包辦，布置得溫馨舒適。

他沒有爲她辦婚禮，她卻給了他一個家。

他有失眠症，從小到大都睡不太好，奇怪的是，結婚後搬進這裡，過了兩年多，一切都不藥而癒了。

專研心理學多年的童予璃說，那是因爲他終於克服了兒時陰影，心裡有了歸屬感，不再擔驚受怕，怕半夜睡著，會被人丟棄在育幼院門口。

他想起某次在書上看過的一句話——「愛」是解決一切問題的答案。

如今，他深信不疑。

趙織光搖搖頭，「我不想結給別人看，也不想你給別人看。」

她認爲他們不需要用一場婚禮，證明公主和王子從此過著幸福快樂的生活。

事實上，他們沒有活得比較不一樣，難免會爭吵、冷戰，甚至氣到嚷嚷著後悔，但正是這樣的日常，讓他們愛得更加眞實、深刻。

這些年，梁熙很少說出「愛」這個字，卻把朝朝暮暮，都過成了最長情的告白。

「爸媽說沒看妳披白紗，很可惜。」

「你爸媽說的？」

「你爸媽跟我爸媽都說。」

「嗯……等結婚五十週年的時候，我們再補拍婚紗照，你覺得怎麼樣？」

「在最美的時候，留下美麗的紀念，不是妳們女人的夢想嗎？」

「不不不，我的夢想是嫁給你，但已經成眞了呀！」

「知道了，吃飯吧。」梁熙沒轍了，只好隨她，話說完便轉身走出房間。

「你給我等等！」趙織光覺得自己好像被敷衍了。

梁熙回過頭，搖了搖手中的空白卡片，「喔對了，這個內容，妳得補給我。」

瞬間居於下風的趙織光從後面摟住他，拖住他的步伐，笑咪咪地賴皮：「老公，我愛你喔。」

他都已經看到卡片了，她再補寫內容，不是很沒意思嗎？

「少來這套。」

「那——」趙織光墊起腳尖，在梁熙耳邊低語說了幾個字。

聞言，梁熙整個人都呆了。

其實嘛，這結婚三週年的禮物，趙織光也並非眞那麼沒誠意的……

晚上十點半，趙織光放在床頭的手機頻頻震動。

李榆安傳了好幾則LINE訊息，想找她討論要給盧巧縈的求婚驚喜。

梁熙替睡著的趙織光蓋好被子後，用她的手機撥了通電話過去。

「欸，妳幫我想想嘛！我想帶巧縈去東京迪士尼——」

「是我。」梁熙出聲。

「怎麼是你？」李榆安蹙眉，「趙織光咧？」

「睡了。」

「她那夜貓族前天半夜還在跟我連線玩暗黑破壞神，怎麼可能這麼早睡？」

「你本來就不該半夜約她打遊戲。從今天開始，十點後不准找她。」前天他是不知道，才會縱容趙織光三更半夜還不睡覺。

李榆安深呼吸，什麼他約她？明明是趙織光說她等級卡了求他帶飛的！

他盡量好聲好氣地說：「梁熙，雖然我尊重你是織光的老公，但好歹我跟她也——」

「孕婦不能熬夜。」

「……啊？」

聽著話筒裡因爲斷訊而傳來的嘟嘟嘟聲，李榆安忽然覺得，自己眞是上輩子欠趙織光的！

後記

男神讓大家等了又等

忽然覺得有點不眞實。

感覺《喜歡你的12個祕密》的後記才剛寫完不久而已，二〇二三年國際書展上的簽名會，感覺也才剛結束不久（笑）。

不過，我知道新版的《男神，你等等》，確實讓大家久等了。

寫後記前，我還特別翻了一下這個故事在POPO上創建的時間，二〇一八年七月五號，那時正值華文大賞，而《男神，你等等》是當年我的參賽作品。

梁熙是我筆下十分特別的一位男神，因爲他一出現，總是讓我覺得其他的角色顯得不過如此，重點是，他也眞的收穫了讀者們高度的關注及喜愛。

其實，現在回過頭去看初版的梁熙，他就是個中規中矩的男神，毫無缺點，很理所當然地出現在趙織光的世界裡，和許多愛情小說一樣，不知道爲什麼，那樣一個完美無缺的男主角，就是會覺得女主角好特別、好不一樣，然後就喜歡上了。

而那時的我，的確也只是想寫一個單純、夢幻又美好的故事。

幾年後，我叨叨著想重新翻修《男神，你等等》，但中間拖拖拉拉地又寫了別的故事，直到有讀者終於忍不住問我：「米琳，《男神，你等等》不是要翻新嗎？」，我才驚覺自己眞的讓大家久等了，於是開始專心地重新審視這個故事，大幅度地調整了梁熙的背景設定和許多故事架構。

新版的故事，有很多讀者看完後跟我說，他們覺得男神變得更有魅力、更加有人性，令人心疼的同時，也更值得喜愛了。

我覺得翻修一個故事，最開心的莫過於聽見讀者們說他們「更喜歡」。

其實當初在動筆時，我曾猶豫，對梁熙這個主角人物背景的調整，不知道會不會讓他跌落神壇（笑），幸好，他收穫了更多讀者的心，而且，也讓他對趙織光的喜歡，變得更加合理及眞實。

把全新的修訂版本寄給責編靜芬時，我心裡是有擔憂的，編輯會喜歡嗎？我會不會寫得不夠好？即使已經出版了幾部作品，寫了那麼多故事，每次完成一個故事要寄給責編時，我仍然會莫名地感到好緊張。

收到靜芬的回信時，我人正在東京旅遊，抱著忐忑的心情點開信件，完全沒想到新版的《男神，你等等》會獲得很高的評價，而且不用再做任何調整。

我大大地鬆了口氣，確定出版的那一刻，甚至感動得有點想哭，我終於沒辜負大家的等待，讓一直惦記著梁熙和織光的讀者們，有機會可以收藏實體書了，所以，看到後記這裡，如果你還沒買，是不是應該趕快買回家哈哈。

聽過我直播的讀者們，應該還記得我曾說過想要出系列作，若沒有意外的話，這個系列會有五個故事，《男神，你等等》就是這個系列的第一部作品，我當時還取了一個很俗的系列名叫「相愛相殺」。

這次的翻新，因爲系列作品的計畫，而新增了一些設定，我始終記得答應大家的承諾，要把裡面和梁熙同樣亮眼的配角們拿出來寫一寫。

五個故事中的男女主角個性都十分鮮明，讓我有很大的發揮空間，設定完角色們後，連我自己都很期待。雖然不知道要花多久的時間才能把系列作品全都寫完，但我會加油的！

謝謝大家沒有忘記織光和梁熙，謝謝你們的支持與等待。

謝謝靜芬對這個故事的肯定及對下一部作品的期待，也謝謝POPO夥伴們始終都在，陪伴我走過這麼多年的春夏秋冬。

希望未來，我能帶著更多好作品，與更多美好的你們相遇。

我們下個故事見。

米琳

國家圖書館出版品預行編目資料

男神，你等等／米琳著. -- 初版. -- 臺北市 ： POPO原創出版，城邦原創股份有限公司出版：英屬蓋曼群島商家庭傳媒股份有限公司城邦分公司發行, 2024.01
面；　公分. --

ISBN 978-626-95913-5-0（平裝）

863.57　　112021065

男神，你等等

作　　者／米琳
責任編輯／鄭啟樺　行銷業務／林政杰　版　　權／李婷雯

內容運營組長／李曉芳
副總經理／陳靜芬
總 經 理／黃淑貞
發 行 人／何飛鵬
法律顧問／元禾法律事務所　王子文律師
出　　版／POPO原創出版
城邦原創股份有限公司
台北市中山區民生東路二段 141 號 6 樓
電話：(02) 2509-5506　傳眞：(02) 2500-1933
email：service@popo.tw
發　　行／英屬蓋曼群島商家庭傳媒股份有限公司城邦分公司
聯絡地址：台北市中山區民生東路二段 141 號 11 樓
書虫客服服務專線：(02) 25007718．(02) 25007719
24小時傳眞服務：(02) 25001990．(02) 25001991
服務時間：週一至週五09:30-12:00．13:30-17:00
郵撥帳號：19863813　戶名：書虫股份有限公司
讀者服務信箱 email：service@readingclub.com.tw
城邦讀書花園網址：www.cite.com.tw
香港發行所／城邦（香港）出版集團有限公司
地址：香港九龍九龍城土瓜灣道86號順聯工業大廈6樓A室
email：hkcite@biznetvigator.com
電話：(852) 25086231　傳眞：(852) 25789337
馬新發行所／城邦（馬新）出版集團 Cité(M)Sdn. Bhd.
41, Jalan Radin Anum, Bandar Baru Sri Petaling,
57000 Kuala Lumpur, Malaysia.
電話：(603) 90563833　傳眞：(603) 90576622
email：services@cite.my

封面設計／Gincy
電腦排版／游淑萍
印　　刷／漾格科技股份有限公司
經 銷 商／聯合發行股份有限公司
電話：(02)2917-8022　傳眞：(02)2911-0053

■ 2024 年1月初版　Printed in Taiwan

定價／330元

ISBN　978-626-95913-5-0

POPO原創出版 www.popo.tw　城邦讀書花園 www.cite.com.tw